文春文庫

養生所見廻り同心 神代新吾事件覚

指　切　り

藤井邦夫

文藝春秋

目次

「神代新吾事件覚」江戸略地図

実際の縮尺とは異なります

小石川養生所は、享保七年に町医者小川笙船の建議を八代将軍徳川吉宗が採用し、小石川薬園に作った低所得の病人などを収容する施療院である。養生所には本道、外科、眼科があり、通いの患者はいうに及ばず、入室患者も大勢いた。町奉行所からは、養生所見廻り与力と同心が詰めて管理していた。

養生所見廻り同心　神代新吾事件覚・登場人物

神代新吾（かみしろしんご）

北町奉行所養生所見廻り同心。まだ若い新吾は、事件のたびに悩み、傷つき、周りの助けを借りながら、成長していく。病人部屋の見廻り、鍵の管理、薬煎への立会い、賄所の管理、物品購入の吟味など、様々な仕事をこなす。事件を扱う、定町廻り・臨時廻り・隠密廻りの〝三廻り同心〟になるのを望み、北町奉行所臨時廻り同心白縫半兵衛を深く信頼している。南蛮一品流捕縛術を修行する。

白縫半兵衛（しらぬいはんべえ）

北町奉行所の老練な臨時廻り同心。新吾の隣の組屋敷に住んでおり、〝知らぬ顔の半兵衛さん〟と渾名される。未熟な新吾のよき相談役でもある。風貌は何処にでもいる平凡な中年男だが、田宮流抜刀術の達人でもある。

浅吉（あさきち）

〝手妻〟の異名を持つ博奕打ち。元々は見世物一座で手妻を仕込まれた。旗本屋敷の中間たちのいかさま博奕をあばき、いたぶられていたところを、新吾に助けられ、その後、新吾のために働くようになる。いつも右手の袖口に剃刀を隠しているなど、謎多き人物。新吾は浅吉の過去や素姓を知らない。

小川良哲（おがわりょうてつ）

小石川養生所本道医。養生所設立を公儀に建白した小川笙船《しょうせん》の孫であり、新吾とは幼馴染みの友人。

大木俊道（おおきしゅんどう）

小石川養生所の外科医。長崎で修行した蘭方医。

お鈴（おすず）

小石川養生所の介抱人。浪人の娘で産婆見習い。

宇平（うへい）
小石川養生所の下働き。

天野庄五郎（あまのしょうごろう）
新吾の上役である、北町奉行所養生所見廻り与力。

半次、鶴次郎（はんじ、つるじろう）
本湊の半次、役者崩れの鶴次郎。半兵衛と共に行動する岡っ引。

養生所見廻り同心　神代新吾事件覚

指切り

この作品は「文春文庫」のために書き下ろされたものです。

第一話

指切り

一

北町奉行所養生所見廻り同心・神代新吾《かみしろしんご》の組屋敷は、八丁堀北島町にあった。

卯《う》の刻六つ（午前六時）、三十六の見附門《みつけもん》が開き、辻番が高張提灯《たかはりぢょうちん》を消す。

「新吾、明け六つです。起きなさい。今日は養生所に行く日ですよ」

神代新吾は、母親の菊枝《きくえ》に起こされて井戸端で顔を洗い、房楊枝《ふさようじ》で歯を磨いた。

町奉行所同心は三十俵二人扶持《ににんぶち》取りであり、その組屋敷の敷地は百坪ほどである。そして、三十坪ほどの屋敷は木戸門を潜《くぐ》ると玄関が付いた八畳の座敷があり、玄関脇の上り口から六畳と八畳、六畳の三部屋が続き、他に台所と納戸があった。それが、新吾が祖父の代から受け継いで来た組屋敷だった。

台所から菊枝の作る味噌汁の美味《うま》そうな匂いが漂ってきた。

新吾は、菊枝に見送られて組屋敷を出た。

往来には仕事に行く人々が行き交っていた。

新吾は日本橋に向かった。

八丁堀組屋敷から小石川養生所に行く道筋は様々ある。

日本橋から神田に抜けて神田川沿いを小石川御門《ごもん》に進み、常陸国《ひたちのくに》水戸藩江戸上屋敷脇に入る。そして、牛天神《うしてんじん》から安藤坂、無量山傳通院《でんづういん》の傍を抜けて小石川御薬園《おやくえん》に出るのも一つの道筋である。

新吾は、水戸藩江戸上屋敷から牛天神脇を抜けて安藤坂を上がった。そこは傳通院の表門前であり、武家地が主の小石川に町家が僅かに入り混じった処だった。

若い男の怒号があがった。

新吾は立ち止り、怪訝《けげん》に怒号のした方を見た。自分と同じ二十四、五歳の町方《まちかた》の男が、金杉水道町の辻で数人の中間《ちゅうげん》に袋叩きにされていた。若い男は、傷付いた獣のような雄叫《おたけ》びをあげ、中間たちに必死にむしゃぶりついていった。だが、中間たちは薄笑いを浮かべ、若い男を殴り蹴って翻弄した。若い男は血を飛ばし、土埃《つちぼこり》を舞いあげて倒れた。中間たちは、倒れた若い男を容赦なく蹴飛ばした。

「おのれ、大勢で寄ってたかって……」

新吾は吐き棄て、中間たちに向かって猛然と突進した。

「止《や》めろ」

新吾は怒鳴り、若い男を蹴飛ばしている中間に体当たりした。中間は倒れ込み、土埃を舞いあげた。新吾は、倒れている若い男を庇《かば》い、中間たちに対した。

「何があったかは知らぬが、大勢で寄ってたかっての狼藉《ろうぜき》、卑怯であろう」

新吾は身構え、中間たちを睨《にら》み廻した。

中間たちは顔を見合わせ、苦笑を浮かべて立ち去っていった。

「大丈夫か……」

新吾は、倒れている若い男を助け起こした。

「へ、へい……」

若い男は、薄汚れた手拭で口元の血や鼻血を拭い、頭を僅かに下げた。

「どうしたんだ」

「別に……」

若い男は、滴《したた》る鼻血を手拭で押さえ、新吾の眼を逃れるように顔を背けた。

「別にって……」

新吾は戸惑った。

「旦那、お世話になりました。じゃあ……」

若い男は脚を引きずり、そそくさと金杉水道町の往来を立ち去った。

なんだ……。

新吾は、眉をひそめて見送った。

小石川養生所は、貧乏な者たちが無料で治療・養生する事が出来た。

享保八年（一七二三）には、入室患者五十七人、通いの患者が三百十四人とされている。患者たちは次第に増えて行き、後には入室患者だけでも四百九十五人を数える年もあった。

新吾が養生所の門を潜った時、すでに大勢の患者が訪れていた。

養生所には、肝煎《きもい》りの小川良哲《おがわりようてつ》たち本道医二人、外科医二人、眼科医一人がおり、他に見習い医師がいた。

「遅いぞ、新吾」

肝煎りの小川良哲が親しく声を掛けて来た。

「うん。ちょいとな」

小川良哲は、養生所設立を公儀に建白《けんぱく》した小川笙船《しようせん》の孫であり、新吾とは幼馴染みの友人だった。

新吾は、養生所見廻り同心として病人部屋の見廻り、鍵の管理、薬煎《やくせん》への立会い、賄所《まかないどころ》の管理、物品購入の吟味など、様々な仕事を忙しくこなした。

昼が過ぎた頃、門番を務めていた下男の宇平《うへい》が、粗末な身なりの八歳ほどの少女を連れて新吾の許《もと》にやって来た。

「神代さま」

「なんだい、宇平」

「この娘のおっ母さんが倒れたと……」

宇平は、額《か》に汗を浮かべて肩で息をついている少女を示した。おそらく少女は、母親を助けたい一心で走って来たのだ。

「おっ母さんが倒れた……」

新吾は眉をひそめた。

「はい。内職をしていて。助けて下さい。おっ母ちゃんを助けて下さい」

少女は、今にも泣き出さんばかりに頭を下げた。

「お前、名前は……」

「おたまです」

「じゃあおたま、家は何処《どこ》だい」

「戸崎町の銀杏《いちょう》長屋です」

小石川戸崎町は、御薬園の東南にあって養生所から近い。

「分かった。ちょいと待っていな」

新吾は、良哲のいる診療所に急いだ。

「良哲……」

「なんだ、新吾」

良哲は、長崎から取り寄せた医学書から眼をあげた。

「今、おたまという女の子が、おっ母さんが倒れたと駆け込んで来た。行ってくれるか」

「何処だ」

「戸崎町の銀杏長屋だ」

「よし。行こう」

新吾と良哲は、おたまの案内で戸崎町銀杏長屋に急いだ。

銀杏の古木は梢《こずえ》の葉を微風に鳴らしていた。

新吾と良哲は、おたまの案内で銀杏の古木の傍の木戸を潜り、長屋の奥の家に急いだ。

「おっ母ちゃん」

おたまは、腰高障子《こしだかしょうじ》を開けて家に入った。

「ねえちゃん」

横になっている母親に縋《すが》っていた五歳ほどの男の子が、涙に汚れた顔で振り向いた。

「太吉《たきち》……」

太吉は、おたまに縋って鼻水をすすった。

「お医者さまが来てくれたから、もう大丈夫だよ」

おたまは、幼い弟の太吉に云《い》い聞かせた。

「良哲……」

「うむ」

良哲と新吾は、母親の倒れている家にあがった。母親は額に汗を滲《にじ》ませ、苦しげに息を鳴らして意識を失っていた。傍らには、母親が内職にしている古着の繕い物があった。

良哲は、母親の様子を診た。

「酷《ひど》い熱だ。おたま、蒲団《ふとん》を敷いてくれ」

「はい」

おたまは、次の間に粗末な蒲団を敷いた。

「新吾……」

「うん」

良哲と新吾は、意識を失っている母親を蒲団に寝かせた。母親は痩せており、軽過ぎるほど軽かった。

「新吾、水を汲んで来てくれ」

「心得た」

新吾は、手桶を持って井戸端に走った。

良哲は、母親の脈を取り、胸元に聴診器を当てて眉をひそめた。

「良哲、水を汲んできたぞ」

「うん。手拭を濡らして額に載せてくれ」

「分かった」

新吾は、汲んで来た水を盥《たらい》に入れて手拭を絞り、母親の汗の浮かぶ額に載せた。

おたまと太吉は心配げに見守った。

母親はおきぬといい、肺を病んでいるようだった。

「どうだ……」

「うん。肺を病んでいるな」

「肺、労咳《ろうがい》か……」

新吾は眉をひそめた。

「そいつはまだ分からん」

おきぬは、苦しげに呻《うめ》いて意識を取り戻し、僅かに咳き込んだ。

「おっ母ちゃん……」

おたまと太吉は眼を輝かせた。

「おたま、太吉……」

おきぬは、新吾と良哲に気付いて身を起こそうとした。

「起きない方がいい。おきぬ」

良哲は止めた。

「あの……」

おきぬは、新吾と良哲に戸惑った眼差しを向けた。

「私は養生所見廻り同心の神代新吾。こちらは本道医の小川良哲先生だ。おたまが一生懸命に報《しら》せに来てな」

「そうですか、ありがとうございました」

おきぬは、咳き込みながら礼を述べた。

「熱や咳、いつ頃からだ」

良哲は眉をひそめ、問診を始めた。

「四、五日前からです」

「痰《たん》は出るか」

「少し……」

「胸に痛みはあるかな」

「はい。時々あります」

おきぬは頷《うなず》いた。

「そうか……」

良哲はおきぬの診察を続けた。

「よし、おきぬ。しばらく養生所に入るがいい」

「養生所……」

おきぬは、戸惑いを浮かべた。

「うん。おそらく肺の腑《ふ》に黴菌《ばいきん》が入り、熱を持ってしまっている。早く治さなければ酷くなるだけだ」

「そんな……」

「なあに十日も入れば充分だ」

「おきぬ、病を治さなければ、また倒れるぞ」

新吾は勧めた。

「でもその間、おたまと太吉はどうするんですか」

おきぬは、おたまと太吉を見た。

「亭主はどうした」

新吾は眉をひそめた。

おきぬは困惑を滲ませた。

「おっ母ちゃん……」

おたまは、哀しげに母を見つめた。

「亭主の留吉《とめきち》、働きもせず七日も家に帰って来ません」

おきぬは、思い切ったように告げた。

留吉は、満足に働きもせず、家にも滅多に帰って来ない亭主だった。

「亭主、何処にいるのか知っているのか」

新吾は尋ねた。

「さあ、湯島天神で酔っ払っていたとか、賭場《とば》で見掛けたとか。分かりません」

「そうか……」

新吾は吐息を洩らした。

「よし。じゃあ、このまま家で養生をするしかあるまい」

良哲は決めた。

「うん。仕方がないな」

新吾は頷いた。

「申し訳ありません」

おきぬは詫びた。

「いいか、おきぬ。お前は肺の腑の病だ。身体を休ませ、滋養を充分につけなければならない。分かるな」

良哲は、おきぬに云い聞かせた。

「はい……」

「だから、家にいても出来るだけ身体を休めて、しっかり薬を飲むんだよ」

「分かりました」

「うん。私も往診に来るし、何かあったら遠慮なく養生所に来るんだ。いいね」

「はい。ありがとうございます」

おきぬは、深々と頭を下げて礼を述べた。

「じゃあおたま、養生所に薬を取りにおいで」

「はい」

おたまは、良哲の言葉に頷いた。


養生所の庭先には、入室患者の寝巻きや晒《さら》しなどの洗濯物が干されていた。

良哲は、熱冷ましと滋養をつける薬を調合し始めた。

おたまは、良哲の薬の調合が終わるのを庭先で待っていた。庭から入室患者たちの病室が見えた。入室患者たちは、医師や介抱人たちの世話を受けていた。おたまは、その様子を眩《まぶ》しげに見ていた。

「おっ母ちゃんも、養生所に入れればいいのだがな」

新吾は、おたまの隣に腰掛けた。

「うん……」

おたまは哀しげに頷いた。

「おっ母ちゃん、早く良くなるといいな」

「お父っちゃんが馬鹿なんだ。働きもしないでお酒ばっかり飲んで、家にも帰って来ないんだから……」

おたまは、悔しげに項垂《うなだ》れた。

「お父っちゃん、何の仕事をしているんだ」

「大工だよ。だけど、仕事中に屋根から落ちて右脚を悪くして……」

「仕事、しなくなったのか……」

「お酒ばかり飲むようになったって、おっ母ちゃんが……」

おたまの父親の留吉は、大工を稼業にしていたが屋根から落ちて右脚を悪くし、酒浸りになっているのだ。

おたまは、母親おきぬの愚痴を嫌というほど聞かされている。それは、長女の宿命なのかも知れない。

「そうか、駄目なお父っちゃんだな……」

新吾は同情した。

「でも、優しいよ」

おたまは、微《かす》かに頰を膨らませた。

「おたまは、お父っちゃんが好きか……」

「うん……」

おたまは大きく頷いた。

「そうか。じゃあ、帰って来て欲しいな」

新吾は苦笑した。

「うん。それに、お父っちゃんが帰って来れば、おっ母ちゃんは養生所に入って早く病を治せるし……」

「そうだな……」

新吾は頷いた。

「でも……」

微風が吹き抜け、日差しを受けている洗濯物が揺れた。

おたまは、揺れる洗濯物を眩しげに見つめた。細めた目尻から涙が流れた。

「おたま……」

おたまは啜《すす》り泣いた。

「よし、おたま。お父っちゃん、俺が探して連れ戻してやる」

「本当……」

おたまは眼を輝かせた。

「うん。任せておけ」

新吾は胸を叩いた。

「嬉しい。じゃあ新吾さま、指切りをして」

おたまは、嬉しげに眼を輝かせ、右手の小指を差し出した。

「指切り……」

新吾は眉をひそめた。

「うん。約束の指切りだよ」

「そうか、約束の指切りか」

「うん」

おたまは頷いた。

「よし」

新吾は、おたまの小指に自分の右手の小指を絡ませた。

「指切りげんまん、嘘ついたら針千本飲ます。指切った」

新吾とおたまは、小指を絡ませた手を振って嬉しげに声を揃えた。

洗濯物は微風に眩しく揺れた。

湯島天神門前町の盛り場は、日が暮れる前から賑《にぎ》わい始める。

夜、盛り場には提灯の明かりが揺れ、酔っ払いの哄笑《こうしょう》と酌婦の嬌声《きょうせい》が溢れた。

新吾は、あれから下男の宇平に云い付けて養生所の賄飯《まかないめし》を弁当にし、薬と一緒におたまに持たせて帰した。そして、帰りに湯島天神門前町の盛り場に寄り、留吉を探した。

「さあ、湯島天神で酔っ払っていたとか、賭場で見掛けたとか……」

新吾は、おきぬの言葉を頼りに大工の留吉を探した。

「大工の留吉、知らねえな、そんな野郎」

「どんな人相の野郎だ」

「人相は分らないが、右脚に古傷があって引きずっているようだ」

「右脚ねえ……」

飲み屋の親父は首を捻った。

新吾は、留吉を探して湯島天神門前の盛り場を巡った。だが、大工の留吉は見つからず、知っている者にさえ出逢わなかった。

湯島天神門前町の盛り場は、夜が更けるとともに賑やかさを増していく。

大工の留吉を一人で探すのは無理なのかも知れない……。

養生所見廻り同心の新吾には、刑事事件を扱う定町廻り《じようまち》・臨時廻り・隠密廻り《おんみつ》の三廻り《さんまわ》同心と違って岡っ引などの手先を務める者はいない。

新吾は、夜空を見上げて吐息を洩らした。

夜空に、嬉しげに指切りをしたおたまの顔が浮かんだ。

指切りをした限り、簡単に諦める訳にはいかない……。

新吾は己に云い聞かせ、明日からの捜索に賭ける事にして湯島天神門前町から妻恋坂《つまこいざか》を下った。そして、明神下の通りに出て神田川に向かった。

神田川の流れには月明かりが映え、櫓《ろ》の軋《きし》みが響いていた。

二

月番《つきばん》の町奉行所の表門は、卯の刻六つ（午前六時）に開かれる。

今月が月番の北町奉行所の表門も卯の刻六つに開かれ、公事訴訟などに大勢の者が訪れる。

巳の刻四つ（午前十時）。

町奉行は登城し、与力・同心が町奉行所に出仕する。だが、同心たちの殆どは辰の刻五つ（午前八時）に出仕し、事件の探索や見廻りに出掛けたりしていた。

新吾は、養生所に行く前に北町奉行所に寄り、同心詰所に顔を出した。

臨時廻り同心の白縫半兵衛《しらぬいはんべえ》が、同心詰所で昨日の日誌を書いていた。

白縫半兵衛は、新吾の隣の組屋敷に住んでおり、〝知らぬ顔の半兵衛さん〟と渾名《あだな》されている老練な同心だった。

「お早うございます」

「おう。久し振りだな、新吾」

半兵衛は、筆を止めずに新吾を一瞥《いちべつ》した。

「ええ。半兵衛さん、相変わらず忙しそうですね」

「うん。盗人がうろうろしていてな」

「盗人ですか……」

新吾は眉をひそめた。

「どうだ、手伝うか」

新吾は、三廻り同心になるのが望みであり、非番の時には手伝う事があった。

「手伝いたいのは山々ですが、やらなければならない事がありましてね」

新吾は悔しさを滲ませた。

「そいつは残念だな」

「どんな盗人なんですか」

「なあに、こそ泥だ。飲み屋で押し込む相談をしていたって話でな。三日前から客を装って飲み屋に通っているんだが、なかなか現れなくてねえ」

　半兵衛は、苦笑して筆を置いた。

「盗人、飲み屋でどんな相談をしていたんですかね」

「そいつなんだが、何でも押し込み先の大店《おおだな》の普請《ふしん》に加わった大工から楽な忍び口を聞いたとかな。家を建てた大工となりゃあ、何処から忍び込んでどう金蔵《かねぐら》に行けばいいのか、探るまでもないってやつだ」

「ええ。で、半兵衛さん。その盗人どもが相談していた飲み屋ってのは、何処の何て店ですか」

「湯島天神の門前町にある梅乃家って居酒屋だよ」

「湯島天神の門前町……」

　新吾は戸惑った。

「湯島天神の門前町がどうかしたのか」

　半兵衛は、新吾に怪訝な眼を向けた。

「えっ、ええ。実は湯島天神の門前町で酒を飲み歩いている奴を探していましてね」

「ほう。新吾も湯島天神か……」

「ええ。それに私が探している男も大工ですよ」

「どんな奴だい」

「右脚の悪い中年の酔っ払いですよ」

「そうか。私たちは今夜も梅乃家に行っている。良かったら来るんだね」

「はい」

半兵衛は、書き終えた日誌を持って同心詰所を出て行った。

新吾は、養生所の賄所の品物の購入情況の書類を作り始めた。

小川良哲たち医者は、通いの患者の診察を一段落し、入室患者の様子を見て廻った。そして、僅かな休息の時を迎えていた。

「そうか、留吉を探しているのか……」

良哲は、眉をひそめて茶を啜った。

「うん。父親の留吉が帰ってくれば、おきぬはここで養生出来るからな」

新吾は威勢良く頷いた。

「それはそうだが。新吾、あまり深入りしない方がいいぞ」

「深入りしない方がいいって。良哲、お前も冷たい奴だな」

新吾は、良哲に呆れたような眼差しを向けた。

「新吾、人には他人に思いも寄らぬ事情がある。こっちが良かれと思っても迷惑に過ぎない事もあるんだぞ」

良哲は、新吾に云い聞かせた。

「そんな事はない、おたまは大喜びだったぞ」

新吾は頷いた。

「そりゃあ、おたまは子供だから、帰って来ない父親を連れて来ると云えば、喜ぶに決まっているさ」

「神代さま……」

下男の宇平が、風呂敷包みを持って戸口から新吾を呼んだ。

「おう。宇平……」

「弁当が出来ました」

宇平は、風呂敷包みを差し出した。

「そいつは造作《ぞうさ》を掛けたね。じゃあな、良哲」

新吾は、宇平から風呂敷包みを受け取って良哲の診察室から出て行った。

「宇平……」

「はい」

「新吾、おきぬのところに弁当を持って行っているのか」

良哲は、厳しい面持ちで尋ねた。

「はい。おっ母さんが寝込み、子供二人で可哀想だと仰って入室患者の賄飯を……」

宇平は恐縮したように告げた。

「新吾の奴……」

良哲は困惑を浮かべた。

銀杏長屋のおきぬの家には薬湯《やくとう》の匂いが満ち溢れていた。

おたまは、新吾が持って来てくれた弁当を少しだけ幼い弟の太吉に食べさせた。

「太吉、後は晩御飯だからね」

おたまは、姉らしく太吉に云い聞かせた。

「うん……」

太吉は不服げに頷いた。

「太吉、姉ちゃんの云う事を聞いて偉いぞ」

新吾は、幼い姉弟の遣《や》り取りに微笑んだ。

「ありがとうございます。神代さま」

おきぬは、蒲団の上に身を起こして新吾に礼を述べた。

「いいや。礼には及ばん。困った時はお互いさまだ。で、具合、少しは良くなったのか」

「はい。お蔭さまで、良哲先生に戴いた薬を飲んでから熱も下がり、胸の息苦しさも少なくなりました」

おきぬは、窶《やつ》れた顔に小さな笑みを浮かべた。

「それは良かった」

「はい。それから神代さま、亭主の留吉を探して下さるとか……」

おきぬは、不安げに新吾を窺った。

「うん。おたまと指切りしたからね」

新吾は頷いた。

「神代さま、おたまには私から良く云って聞かせますので、余り無理は……」

おきぬの顔に不安が満ちた。

「なあにどうにかなるさ。心配無用だ」

新吾は、心配するおきぬを笑った。

「はあ……」

「さあ、おたま、太吉。おっ母ちゃんの手を煩《わずら》わせず、自分で出来る事は何でもやるんだぞ」

「うん。分かってる」

太吉とおたまは口を揃えた。

「そうか、偉いぞ」

新吾は、笑顔で大きく頷いた。


右脚を引きずって歩く大工で名は留吉……。

新吾は羽織を脱いで素姓を隠し、湯島天神門前町の盛り場に留吉を捜し歩いた。

「右脚を引きずって歩く職人ねえ」

葦簀《よしず》掛けの飲み屋の親父が首を捻った。

「ああ。名前は留吉というのだが、知らないかな」

「さあねえ……」

飲み屋の親父はまた首を捻った。

「いたぜ。名前は分らねえが、右脚の悪い酔っ払い」

店の隅にいた髭面の人足が、湯呑茶碗の酒を啜りながら云った。

「何処だ。何処にいた」

新吾は身を乗り出した。

「さあな……」

人足は、湯呑茶碗の酒を飲み干し、新吾に笑い掛けた。

「親父、俺の奢《おご》りで一杯注いでやってくれ」

新吾は、人足の笑いの意味を悟り、慌てて親父に命じた。

親父は苦笑し、人足の湯呑茶碗に酒を満たした。人足は、零《こぼ》れそうな酒を嬉しそうに啜った。

「で、右脚の悪い酔っ払い、何処にいた」

「男坂の下の坂下町の飲み屋だ」

「よし。分かった」

新吾は、酒代を払って葦簀掛けの店を飛び出した。店の親父と髭面の人足は、さも可笑しそうに笑い出した。

男坂は、湯島天神の境内から不忍池に向かう坂道であり、急な坂を〝男坂〃といい、緩やかな坂は〝女坂〃と称されていた。その男坂の下にあるのが坂下町だ。

そこに、右脚を引きずる酔っ払いがいる。

右脚を引きずる酔っ払いは留吉なのだ……。

新吾は、夜道を坂下町に急いだ。

男坂の下の坂下町には、数軒の小さな飲み屋が軒を連ねていた。

新吾は、右脚を引きずる酔っ払いを探して小さな飲み屋を次々に訪れた。

「いない。右脚を引きずっている留吉という男だぞ」

「ええ。そんな客、見た事もありませんよ」

新吾は探した。だが、右脚を引きずる酔っ払いは、数軒の小さな飲み屋の何処にもいなかった。

いない……。

坂下町の数軒の飲み屋に、右脚を引きずる酔っ払いを知っている者は一人もいなかった。

髭面の人足と店の親父の笑った顔が浮かんだ。

騙された……。

新吾は気が付いた。

髭面の人足は、一杯の酒を目当てに新吾を騙したのだ。新吾は落ち込み、己に腹立たしさを覚えた。だが、所詮は身から出た錆なのだ。新吾は、己の未熟さを思い知らされた。

湯島天神門前町の飲み屋『梅乃家』は、夜風に暖簾《のれん》を揺らしていた。

「梅乃家か……」

半兵衛たちが張り込んでいる飲み屋だった。

新吾は暖簾を潜った。

「いらっしゃい」

『梅乃家』の女将《おかみ》が新吾を迎えた。

「あっ、新吾さんじゃありませんかい」

聞き覚えのある声が新吾を呼んだ。

店の隅に、浪人を装った半兵衛と岡っ引の本湊の半次《はんじ》が酒を啜り、出入りする客に眼を光らせていた。

「おう、来たか」

半兵衛は新吾を招いた。

「お邪魔します」

新吾は、半兵衛と半次の傍に座った。

「その顔は上手くいってないって顔だな」

半兵衛は微笑み、女将に新しい猪口《ちょこ》を貰って新吾に渡した。

「まあ、飲みな」

「はい。戴きます」

新吾は、半兵衛に酒を注いで貰って飲んだ。酒は疲れた身体にゆっくりと染み渡った。新吾は、留吉を捜していて騙された事を告げた。

「そいつはまんまとやられたな」

半兵衛は笑った。

「はい……」

新吾は酒を飲んだ。

「で、新吾さん、その葦簀掛けの店に戻ったのですか」

半次は眉をひそめた。

「冗談じゃない。自分の間抜けさ加減を確かめる真似など出来ませんよ」

「恥の上塗りか……」

半兵衛は酒を飲んだ。

「ええ……」

新吾は徳利《とっくり》を手にし、半兵衛と半次の猪口に酒を満たした。

「こいつは畏れ入ります」

半次は恐縮した。

「こっちも変わった事はないようですね」

「まあね」

半兵衛、半次、新吾は酒を飲んだ。

「いらっしゃいませ」

二人の遊び人が入って来た。女将は、奥の板戸の傍に二人の遊び人を案内した。

そして、注文を聞いて板場に戻る時、半兵衛を素早く一瞥した。

半兵衛は、猪口を口元に運びながら小さく頷いた。

「旦那……」

一瞬、半次の眼が鋭く輝いた。

「うん。女将、勘定を頼む」

半兵衛は座を立ち、半次と新吾が続いた。

「毎度ありがとうございます」

半兵衛、半次、新吾は、女将の声に送られて『梅乃家』を出た。

「旦那……」

「うん。裏から梅乃家に戻ってくれ」

「承知……」

半次は、『梅乃家』の裏手に廻り、勝手口から板場に入った。女将と老板前が、半次を迎えた。

「間違いないかい」

半次は囁いた。

「ええ。この前、押し込みの話をしていた人たちに間違いありませんよ」

女将は頷いた。

「さあ、こちらに……」

女将は、半次を板場から居間の隣の小部屋に案内した。

小部屋は暗く、板戸の隙間から糸のような細い明かりと客の話し声が洩れていた。板戸の向こうは店であり、二人の遊び人が酒を飲んでいるのだ。

女将は板戸の傍を示した。

半次は頷き、足音を忍ばせて板戸に近寄り、耳を澄ませた。

二人の遊び人の声が聞こえた。

半次は、暗がりに身を潜めて息を殺した。


半兵衛と新吾は、『梅乃家』の見える路地に潜んでいた。

「捕まえないのですか」

新吾は眉をひそめた。

「奴らが何処の盗人なのか、それに隠れ家や仲間の人数を突き止めてからだよ」

「成る程、一網打尽ですか……」

「新吾、明日もあるし、もう帰った方がいいだろう」

「いえ、もう少し……」

新吾は、盛り場の通りを見廻した。

右脚を引きずる人影が、行き交う酔客《すいきやく》の中を来るのが見えた。

「あっ」

新吾は、思わず声を洩らした。

「どうした」

半兵衛は眉をひそめた。

「右脚を引きずった男が来るんです」

新吾は、右脚を引きずって来る男を見つめた。

右脚を引きずった男は、無精髭を伸ばして薄汚れた職人の姿をしていた。

留吉……。

新吾はそう睨み、右脚を引きずる男に近づこうとした。だが、半兵衛が止めた。

新吾は戸惑った。半兵衛は、厳しい面持ちで首を横に振った。

右脚を引きずった男は、飲み屋『梅乃家』に入った。

「いらっしゃいませ」

女将の迎える声が聞こえた。

「半兵衛さん……」

新吾は、半兵衛を咎めるように見た。

「奴が、新吾の捜している留吉かな」

「きっと……」

新吾は頷いた。

「留吉、大工だったな」

半兵衛は、盗人の仲間の大工が留吉ではないかと睨んだのだ。

「半兵衛さん……」

おきぬの亭主でおたまと太吉の父親の留吉は、盗人の一味なのかも知れない。

新吾は困惑した。


右脚を引きずる男は、奥の板戸の傍にいる二人の遊び人に近寄った。

「貞吉《さだきち》さん……」

「やあ、留吉。まあ、座りな」

留吉と呼ばれた男は、右脚を投げ出すように座った。

「小頭《こがしら》……」

貞吉と呼ばれた男は、一緒にいる遊び人を小頭と呼んだ。

「うん。越後屋の普請は大工の大喜《だいき》の仕事だが、お前さんも大喜の大工の一人だったのかい」

小頭は、留吉に探るような眼を向けた。

「ああ……」

留吉は、湯呑茶碗に酒を注いで飲み始めた。

「覚えているかい」

「何をですかい」

留吉は、酒の入った湯呑茶碗を両手に持って小頭を上目遣いに見た。

「越後屋の間取りと金蔵の場所。それに忍び口には何処がいいか……」

小頭は囁いた。

「ああ。あっしが今までに関わった一番の普請だ。良く覚えている」

留吉は酒を啜った。

「じゃあ、絵図が描けるな」

「ああ……」

留吉は、酒に濁った眼で小頭を一瞥した。

「そうかい……」

小頭は苦笑し、懐から小判を一枚出して留吉に差し出した。

留吉は、小判を見つめて喉を鳴らした。

「後の一両は、絵図と引き換えだ」

小頭は嘲《あざけ》りを浮かべた。

「分かった」

留吉は、差し出された小判を握り締めた。

「よし。いつ出来る」

「三日後……」

「いいだろう。貞吉……」

「へい。じゃあ留吉、後で俺が繋《つな》ぎを取るよ」

「分かった」

留吉は小判を懐に入れ、湯呑茶碗の酒を飲み干した。

小頭……。

貞吉……。

留吉……。

そして、押し込み先は越後屋……。

半次は聞き取った。

『梅乃家』から出て来た男は、右脚を引きずりながら来た道を戻り始めた。

「半兵衛さん、留吉かどうか突き止めます」

新吾は、右脚を引きずって去って行く男を見つめて囁いた。

「盗人の仲間かも知れない。気をつけてな」

「はい」

新吾は、半兵衛を路地に残して追った。

三

湯島天神門前町の盛り場の賑わいは続いていた。

右脚を引きずる男は、行き交う酔っ払いの中を進んだ。

新吾は追った。その時、新吾は自分を見つめる視線を感じ、思わず振り向いた。

しかし、周囲に新吾を見つめる者はいなかった。

勘違い……。

新吾は、右脚を引きずる男を追った。

右脚を引きずる男は、盛り場を出て不忍池に向かった。

往来に行き交う人影は少なく、不忍池から水鳥の甲高い鳴き声が響いた。

刹那、新吾は背後に人の気配を感じて振り返った。黒い人影が、匕首《あいくち》を握り締めて突進して来た。新吾は、咄嗟《とっさ》に身を投げ出して躱《かわ》した。黒い人影は、振り返って匕首を構えた。

盗人の一味……。

新吾は身構えた。

右脚を引きずる男は、闇の彼方《かなた》に消え去って行く。

見失う……。

新吾は焦った。

右脚を引きずる男は、闇の彼方に消え去った。

見失った……。

新吾は、怒りを込めて襲い掛かって来た男を見据えた。

見覚えのある顔……。

新吾は思い出した。

襲って来た男は、金杉水道町の辻で若い男を袋叩きにしていた中間だった。

「お前……」

数人の男が暗がりから現れ、新吾を取り囲んだ。

「おのれ……」

新吾は身構えた。

右脚を引きずる男をようやく見つけ、留吉と確かめる邪魔をされた。

新吾は、おたまとの指切りを思い出し、怒りを覚えた。

「金杉水道町で邪魔をしてくれた礼をするぜ」

中間は、残忍な笑みを浮かべた。取り囲んだ男たちが新吾に襲い掛かってきた。

新吾は、三廻り同心になるのが望みであり、南蛮一品流捕縛術《なんばんいっぽんりゅうほばくじゅつ》を修行している身だ。

襲い掛かって来た男は、匕首を鋭く突き出した。新吾は匕首を握った腕を抱え込み、怒りを込めて大きな投げを打った。男は夜空に弧を描き、地面に叩き付けられた。

「一人残らず、叩きのめしてやる」

新吾は、吼《ほ》えるように怒鳴った。

中間たちは怯《ひる》んだ。

「さあ、来い」

新吾は刀を抜き払った。刀身が蒼白い輝きを放った。

中間たちは、顔を見合わせて後退《あとずさ》りした。


飲み屋『梅乃家』の賑わいは続いた。

『梅乃家』の裏手から半次が現れ、路地にいる半兵衛に駆け寄った。

「どうだ」

「盗人に間違いありませんぜ」

「そうか……」

「今、出て来ます」

半次は『梅乃家』の戸口を見つめた。

「ありがとうございました」

二人の男が、女将に送られて『梅乃家』から出て来た。

半兵衛と半次は、路地の暗がりに潜んだ。

二人の男は、門前町の盛り場から妻恋坂に向かった。

「旦那、小頭と呼ばれていた男と貞吉です……」

「うん」

半兵衛と半次は、小頭と貞吉の尾行を開始した。

「年嵩《としかさ》の野郎が小頭、もう一人は貞吉。そして、後から留吉って大工が来ました」

「大工の留吉……」

「はい。新吾さんが捜している奴じゃあないでしょうか」

半次は眉をひそめた。

「うん。やっぱりそうか……」

新吾が捜していた男は、盗人と関わりがあった。

「新吾さんは……」

「右脚を引きずっていてね。確かめようと追ったよ」

「そうですか……」

小頭と貞吉は妻恋坂を下り、明神下の通りに出て神田川に向かった。

半兵衛と半次は追った。

「それで押し込み先は越後屋だそうです」

半次は、『梅乃屋』での留吉たちのやり取りを半兵衛に告げた。

「越後屋……」

半兵衛は眉をひそめた。

「ですが、何処で何の商いをしている越後屋かは分かりません」

「越後屋、沢山あるからね」

「ええ……」

「で、大工の留吉、その越後屋の金蔵の場所でも教えるのかい」

「ええ。留吉、元は大喜の大工でしてね。普請した大工の一人だそうです」

「よし。じゃあ大喜から辿れば、何処の越後屋か分かるな」

大工『大喜』に行き、留吉がいた頃に普請した『越後屋』を突き止めるのは容易だ。

半兵衛は推し量った。

「成る程……」

半次は頷いた。

小頭と貞吉は、神田川に架かる昌平橋を渡り、柳原通り《やなぎわらどお》りを両国に進んだ。そして、神田川に架かる和泉橋《いずみばし》の南詰《みなみづめ》を松下町に入り、松枝町から玉池稲荷に向かった。

玉池稲荷の境内の奥にあるお玉が池は、月明かりに鈍い輝きを見せていた。

小頭と貞吉は、お玉が池の畔《ほとり》を進んで板戸を閉めている茶店に入った。

半兵衛と半次は見届けた。

「旦那……」

半次の声には、無事に突き止めた喜びと安堵感が滲んでいた。

「おそらく、盗人の隠れ家の一つだろう」

半兵衛は睨んだ。

「ええ。今夜から見張ります」

「うん。明日、助っ人を寄越すよ」

「お願いします」

「それから、私は貞吉って名前の盗人のいる盗賊一味を割り出してみるよ」

「はい……」

魚が跳ねたのか、お玉が池の水面に波紋が広がった。

結局、右脚を引きずる男は見失った……。

新吾は、昨夜の悔しさを嚙み締めながら顔を洗っていた。

隣の組屋敷との境にある垣根の向こうに半兵衛がいた。

「あっ。おはようございます。半兵衛さん」

「新吾……」

「昨夜、どうだった」

「それが、思わぬ邪魔が入り、見失ってしまいました」

新吾は悔しさを滲ませた。

「そうか……」

半兵衛は眉をひそめた。

「で、半兵衛さんの方は如何でした」

「それなんだがね、いろいろ分かったよ」

「あの二人、やっぱり盗人だったんですか」

「うん。そして、新吾が追った右脚を引きずった男、名前は留吉だったよ」

「留吉……」

新吾は眉をひそめた。

「うん。どうやら新吾が捜していた奴だな」

「やっぱり……」

新吾は、尾行の邪魔をした中間たちを呪わずにはいられなかった。

「そして、留吉は盗人と関わりがある」

「盗人と……」

新吾は驚いた。

「うん。その昔、普請に加わった越後屋って大店《おおだな》の見取図や何処が忍び込み易いか教える役目のようだ」

「そんな……」

留吉が『梅乃家』を訪れたのは、盗人たちに逢う為だった……。

新吾は言葉を失った。

留吉が盗人と関わりがあるなら、たとえ見つけたとしても、おきぬとおたま・太吉母子の処に帰す訳にはいかない。

新吾は、おたまとの指切りを思い出し、暗澹たる想いに駆られた。

「だがな新吾。盗人どもが押し込む前なら何とかなる」

「半兵衛さん……」

「何としてでも、盗人どもが押し込む前に捜し出すんだな」

「はい……」

新吾は頷いた。

銀杏長屋は昼の静けさに覆われていた。

新吾は、銀杏の古木のある木戸口に潜み、おきぬ母子の家を見守っていた。

亭主の留吉が帰って来た気配はなく、おきぬ母子にも変わった様子は窺えなかった。

良哲の見立てでは、おきぬの肺の病は僅かずつだが回復に向かっている。

おたまと太吉が、腰高障子を開けて家から出て来た。

「じゃあおっ母ちゃん、太吉を連れて薬を貰いに行って来ます」

おたまは家の中に叫び、太吉と手を繋いで木戸口から出て行った。

新吾は見送り、吐息を洩らした。

「不忍池から下谷……」

おきぬは戸惑いを浮かべた。

「うん。昨夜、留吉はそっちの方に行ったんだが、知り合いでもいるなら教えてくれないかな」

新吾は尋ねた。

「知り合いなんて……」

おきぬは首を横に振った。

「いないのか……」

「はい」

「そうか……」

新吾は落胆した。

「神代さま、それで留吉は何をしていたんですか」

「う、うん……」

新吾は言葉を濁した。

「留吉に何かあったんですね」

おきぬは、心配げに眉をひそめた。

「実はな、おきぬ。留吉は今、盗人の手伝いをしようとしているんだ」

「盗人の手伝い……」

おきぬは愕然とした。

「うん。このまま盗人の手伝いをしたら、留吉も盗人の一味になり、お縄になれば厳しくお仕置される」

「馬鹿なんです。屋根から落ちて怪我をして、棟梁が材木の仕入れや帳簿付けに廻れと云ってくれたのに、そんなの大工じゃあないと酒浸りになって……」

おきぬは嗚咽《おえつ》を洩らした。

「出て行ったか……」

新吾は吐息を洩らした。

「神代さま、留吉はもう家に帰って来る気などないのです」

「おきぬ……」

「おたまや太吉、それに私なんてどうでもいいんです」

「連れ戻す。俺が必ず留吉を連れ戻す。おたまと指切りをして約束したんだ」

「神代さま、出来もしない約束なんかしないで下さい」

おきぬは声を震わせた。

新吾は戸惑った。

「子供と簡単に指切りなんかしないで下さい」

おきぬは悲痛に声を震わせた。

新吾は呆然とした。

「子供は信じるんです。大人が軽い気持ちでした事でも、本当に叶えて貰えると信じるんです。だから、だから……」

おきぬは泣いた。

新吾は項垂れた。

小石川養生所は通いの患者が訪れるのも一段落し、静けさを取り戻していた。

新吾の足取りは重かった。

出来もしない約束なんかしないで下さい。簡単に指切りなんかしないで下さい……。

おきぬの悲痛な声は、新吾の脳裏にこびり付いて離れなかった。

あれから留吉は何処に行ったのだ……。

新吾は、不忍池に向かって行った留吉の後ろ姿を思い出し、その行き先を様々に推測した。だが、何の手掛かりもない推測は、無駄でしかなかった。

新吾は吐息を洩らし、養生所の門に向かった。そして、何者かの視線を感じた。

誰かが見ている……。

新吾は、周囲を見廻して視線の主を捜した。

養生所の向かい側には、武家屋敷の土塀が連なっている。その土塀に縞の半纏《はんてん》を着た若い男が寄り掛かり、新吾を見つめていた。

視線の主だ……。

新吾の直感が囁いた。

「俺に何か用か……」

新吾は、縞の半纏を着た若い男を見据えた。

縞の半纏を着た若い男は、薄笑いを浮べて土塀から離れた。

新吾は思わず身構えた。

「神代新吾の旦那、いつぞやはお世話になりました」

縞の半纏を着た若い男は頭を下げた。

「えっ……」

新吾は戸惑った。

「あっしは浅吉《あさきち》と申します」

縞の半纏を着た若い男は、浅吉と名乗った。

「浅吉……」

「はい。金杉水道町で渡り中間どもに袋叩きにされていたのを助けていただいた者です」

浅吉は苦笑した。

「ああ、あの時の……」

新吾は思い出した。

「それに昨夜もご迷惑をお掛けしまして申し訳ありません」

浅吉は、新吾が中間たちに襲われたのを知っていた。

「なに……」

「昨夜、野郎どもあっしを捜し廻っていましてね。で、あっしは逆に野郎どもの後ろを取りましてね……」

浅吉は、中間たちを嘲笑《あざわら》った。

「奴ら、あっしが見つからなくて苛立ち、旦那を見掛けて憂さを晴らそうとした……」

「見ていたのか……」

新吾は眉をひそめた。

「いえ。旦那が追っていた脚の悪い野郎を尾行《つけ》ました」

浅吉は笑った。

「何だと……」

新吾は驚いた。

「せめてものお礼。ご迷惑をお掛けしているお詫びの印と思いましてね」

浅吉は、新吾が留吉を尾行しているのに気付いて追ったのだ。

「それで、留吉の行き先、突き止めたのか」

新吾は身を乗り出した。

「勿論です」

浅吉は苦笑した。

「何処だ。留吉は何処に行った。教えてくれ」

新吾は浅吉に詰め寄った。

「留吉さんは、谷中の玉泉寺の賭場の隅で寝泊りしているようですぜ」

「谷中の寺の賭場……」

留吉の居場所がようやく分かった。

「ご案内しますぜ」

浅吉は小さく笑った。

「そいつは助かる。かたじけない」

新吾は、浅吉に深々と頭を下げた。

「そんな、頭をあげて下さい」

浅吉は、新吾の素直さに戸惑ったようだ。

「それにしても、俺の事が良く分かったな」

新吾は感心した。

浅吉は、中間たちに袋叩きにされていた朝、助けてくれた侍を、着流しに黒羽織姿と場所からして、養生所見廻り同心だと睨んだ。そして、養生所の下男に金を握らせ、月番が北町奉行所であり、同心が神代新吾だと突き止めたのだと云った。

「ふむ……」

新吾は唸った。

浅吉の勘の良さと、睨みの鋭さに感心せずにはいられなかった。

手配書の人相書から貞吉は、盗賊・夜烏《よがらす》の重蔵《じゅうぞう》の手下と知れた。そして、小頭と呼ばれていた男は、隙間風の千次《せんじ》だった。

白縫半兵衛は、上野新黒門町《しんくろもんちょう》の大工『大喜』を訪れ、棟梁の喜三郎《きさぶろう》から『越後屋』が日本橋伊勢町の米問屋だと聞き出した。米問屋の『越後屋』は、日本橋西堀留川に船着場を持っている老舗《しにせ》の大店だった。

盗賊・夜烏の重蔵一味は、米問屋『越後屋』に押し込もうと企んでいるのだ。

半兵衛は突き止めた。


風が吹き抜け、お玉が池の水面に小波《さざなみ》が走った。

半次は、助っ人に来た役者崩れの鶴次郎《つるじろう》と池の畔の茶店を見張った。

茶店は潰れたのか、朝になっても板戸を閉めたままだった。

昼が過ぎた頃、小頭と呼ばれていた男が出掛けた。

「俺が追う」

鶴次郎は、緋牡丹《ひぼたん》の絵柄の派手な半纏を翻して小頭を追った。

両国広小路は見世物小屋と露店が建ち並び、見物客や行き交う人々で賑わっていた。

お玉が池の茶店を出た小頭は、両国広小路に抜けて隅田川に架かっている両国橋を渡り始めた。

行き先は本所か深川……。

鶴次郎は、小頭を追って両国橋を渡った。

小頭が、両国橋を渡った処で立ち止って振り返った。

立ち止ってはならない……。

鶴次郎は咄嗟に足を速め、佇んでいる小頭の脇を通り抜けた。

小頭は、尾行する者がいれば、己同様に両国橋に立ち止っていると考えたのだろう。

相手は盗人、油断はならない……。

鶴次郎は、小頭の姿が見える物陰に潜んで半纏を濃紺の裏に返して着直した。

小頭は、尾行者はいないと見定めたのか、本所竪川《たてかわ》に向かった。

本所竪川は、隅田川と中川を結んでいる掘割《ほりわり》であり、荷船が行き交っていた。

小頭は、竪川沿いの道を東に進んだ。

鶴次郎は、慎重に尾行を再開した。

竪川には、荷船の船頭の歌う唄が長閑《のどか》に響いていた。

小頭は、竪川に架かる一ツ目之橋の橋詰を過ぎ、二ツ目之橋に向かった。そして、二ツ目之橋の傍の相生町《あいおいちょう》五丁目にある船宿『松屋』の暖簾を潜った。

鶴次郎は見届けた。

四

谷中天王寺の鐘が暮六つ（午後六時）を告げた。

新吾は羽織を脱いで浪人を装い、浅吉と共に谷中玉泉寺に向かった。

道すがら浅吉は先日のけんかのいきさつを新吾に話しはじめた。

浅吉は博奕打ちだった。渡り中間たちと揉めているのは、浅吉が中間たちのいかさま博奕を暴いたからであった。渡り中間たちは、旗本屋敷の中間部屋で賭場を開帳していた。浅吉は、そこで行われる渡り中間たちのいかさまの酷さに呆れ、鮮やかに暴いて賭場を潰した。以来、浅吉は渡り中間たちに命を狙われていた。

「成る程、それで浅吉をしつこく狙っているのか……」

「馬鹿な話ですよ」

浅吉は己を嘲笑うかのように顔を歪めた。

「それで浅吉、生まれは何処なんだい」

「さあ、忘れましたよ」

浅吉は、苦笑を浮かべて言葉を濁した。

「そうか、忘れたか……」

人にはそれぞれ事情がある……。

新吾は浅吉の素姓や過去に触れず、谷中玉泉寺に急いだ。

夕陽は沈み、谷中の寺町は蒼い薄暗さに包まれた。


雑木林は夜風に揺れていた。

谷中玉泉寺は檀家も少なく、裏庭に家作《かさく》を建てて貸していた。住職の浄空《じょうくう》は博奕打ちに酒代を貰い、家作で賭場が開かれるのを黙認していた。その浄空の飲み仲間で家作の隅に転がり込んでいるのが、右脚の悪い元大工の留吉だった。

浅吉は、いつの間にかそれだけの事を調べあげていた。

玉泉寺は闇に包まれていた。

新吾と浅吉は、玉泉寺の境内に入って本堂の裏手に向かった。

「どなたですかい」

暗がりから男の声が問い質《ただ》してきた。

「手妻《てづま》の浅吉だ」

〝手妻〟とは手品の事だ。

「手妻の浅吉……」

若い博奕打ちが暗がりから現れ、浅吉の顔を確かめた。

「こりゃあ手妻の兄い、ご無礼しました。それでお連れさんは……」

若い博奕打ちは、新吾を探る眼差しを向けた。

「俺と昵懇《じっこん》の仲の御家人の旦那だよ」

「そうですか。じゃあどうぞ……」

「うん。遊ばせて貰うぜ。じゃあ……」

浅吉は、新吾を促して家作に向かった。

寺は寺社奉行の管轄下にあり、町奉行所の支配は及ばない。だが、博奕打ちの警戒は厳しかった。

家作の中は、盆茣蓙《ぼんござ》を囲んでいる客の熱気で満ち溢れていた。

新吾の喉が微かに鳴った。

「初めてですか、賭場は……」

「うん」

新吾は固い面持ちで頷いた。

「どうって事ありませんぜ……」

浅吉は苦笑し、金を駒に替えて新吾と共に盆茣蓙に向かった。新吾は、浅吉の指示通りに駒を賭けた。そして、勝ちも負けもせず、程ほどの勝負を続けた。

「新吾さん、ひと息入れましょうや」

浅吉は新吾を誘い、駒を持って次の間に行った。次の間には酒が仕度されており、ひと息入れる客がいた。そして、留吉が隅で一人酒を飲んでいた。

「浅吉……」

新吾は緊張した。

「ちょいと様子を見ましょう」

浅吉は頷き、二個の湯呑茶碗に酒を注いで一つを新吾に差し出した。

「すまん……」

新吾は、留吉を窺いながら湯呑茶碗の酒を飲んだ。初めての博奕で渇いた喉が、美味そうに鳴った。

留吉は、博奕に興味を示さず、小刻みに震える手で酒だけを楽しんでいた。

「留吉を早く連れ出そう」

新吾は焦りを滲ませた。

「賭場で騒ぎを起こしちゃあ後が面倒です。ここはあっしに任せて下さい」

浅吉は苦笑した。

新吾は、浅吉が渡り中間たちに付け狙われているのを思い出した。

焦るな……。

新吾は己に云い聞かせた。

浅吉は、賭場を仕切っている胴元の許に行った。新吾は、酒を啜りながら留吉を窺い続けた。留吉は、博奕も他人も関わりなく酒を飲み続けている。

「新吾さん、帰りますよ」

浅吉は、胴元の許から戻って来た。

「帰る……」

新吾は眉をひそめた。

「博奕打ちたちが留吉を寺の外に放り出してくれます。そこで押さえましょう」

浅吉は囁いた。

「心得た」

新吾は、湯呑茶碗の酒を飲み干して立ち上がった。

夜風は賭場の熱気に包まれていた新吾に爽やかだった。

新吾と浅吉は、玉泉寺の外に出て留吉が現れるのを待った。僅かな時が過ぎ、留吉が若い博奕打ちたちに連れられて来た。

「お待たせしました」

若い博奕打ちは嘲笑を浮かべ、酔っ払っている留吉を放り出した。留吉は、地面に無様に這いつくばった。

「何をしやがる。馬鹿野郎、酒だ、酒をくれ」

留吉は涎を垂らし、小刻みに震えながら地面を這いずり廻った。惨めで哀れな姿だった。

新吾は眉をひそめた。

おたまや太吉には見せられない……。

新吾は、深々と吐息を洩らした。

「酒毒《しゅどく》にやられていますぜ」

浅吉は、留吉を冷ややかに見下ろしていた。

「このまま家に連れて行くわけにはいかないな」

「ええ。酒毒を抜かない限りは、家族に迷惑を掛けるだけですよ」

浅吉は頷いた。

ようやく捜し出した留吉は、すぐに家に連れ帰れる状態ではなかった。

おたまとの約束は、いつになったら果たせるのか……。

新吾は暗澹たる思いに駆られた。

雑木林は夜風に鳴った。


竪川二ツ目之橋、相生町五丁目の船宿『松屋』は、北町奉行所の監視下に置かれた。

船宿『松屋』には、年増の女将が二人の船頭と女中たち奉公人を使って営んでいた。

白縫半兵衛は、船宿『松屋』に夜鳥の重蔵が潜んでいるかどうか探りを入れていた。だが、鶴次郎たち手先の働きにも拘わらず、重蔵がいるかどうかはなかなか摑めなかった。

お玉が池の潰れた茶店には、半次が張り付いていた。

盗人の貞吉は動かなかった。そして、日が暮れてから、旅姿の男や遊び人風の男たちが次々と茶店にやって来た。

盗人が集まり始めている……。

半次はそう睨み、見張りを続けた。


小石川養生所には、診察室と待合室、入室患者の男女別の病人部屋、そして、医者と役人たちの部屋があるだけで、酒毒に侵された患者の部屋はなかった。

良哲は、酔い潰れている留吉を診察し、呆れたように眉をひそめた。

「どうだ」

新吾と浅吉は、良哲の診察の結果を待った。

「酒毒だな」

良哲は吐息を洩らした。

「うん。治るかな」

新吾は不安げに尋ねた。

「今ならな」

「今なら……」

　新吾は眉をひそめた。

「うむ。これ以上、酷くなると手に負えぬ」

「じゃあ、今なら治るんだな」

　新吾は眼を輝かせた。

「きっとな。ま、大変なのはその間、何処で養生するかだ」

「養生所じゃあ無理なのか……」

　新吾は戸惑った。

「うむ。酒毒に侵された者は、酒が切れると狂ったように我を失い、五体に震えが来て耐えられなくなり、我が身を傷つける事もある」

「じゃあ、養生所の病人部屋では無理だな」

「ああ。酒を飲みに行けず、己の身を傷つける心配のない病人部屋でなければな」

「良哲、どうにかならないのか」

「手立ては一つだ。己の身を傷つける心配のない牢を作って入れるしかあるまい」

「牢……」

新吾は困惑した。

留吉は、だらしなく酔い潰れている。

おたまと指切りをした約束を守るには、留吉の身体から酒毒を抜かなければならないのだ。いずれにしろ、留吉をこのままにしておくわけにはいかない。

「分かった、良哲。留吉の病人部屋は俺が何とかする。だから、留吉の酒毒を何としてでも抜いてやってくれ。頼む。この通りだ」

新吾は、良哲に深々と頭を下げた。


お玉が池は朝日に煌《きら》めいていた。

「それで、四人来たのか」

半兵衛は、池の畔の潰れた茶店を見つめた。

「はい」

「その四人の中に、頭の夜鳥の重蔵はいないだろうね」

「四人とも若い野郎ばかりです」

「そうか……」

人相書によれば、〝夜鳥の重蔵〟は肥った初老の男だ。

「小頭の千次は、竪川の船宿に行ったままですので、今、茶店にいるのは貞吉を入れて五人です」

「うん……」

「頭の重蔵が竪川の船宿にいるとはっきりすれば、踏み込むのだがね」

半兵衛は眉をひそめた。

「あっしも竪川に行きましょうか」

「いや。竪川は鶴次郎の他に手の空いている連中が来ている。半次はこのままここを見張ってくれ」

「承知しました」

盗賊一味の捕縛は、頭をお縄にしなければ意味がない。半兵衛は、夜鳥の重蔵を見定めるまで慎重な探索を進めた。


養生所の薬草蔵には薬草の匂いが満ち溢れていた。

酔い潰れていた留吉は、高窓から差し込む斜光に包まれて眼を覚ました。

留吉は呻き、両手をついて身を起こそうとしたが、肩から板の間に崩れた。両手は後手に固く縛られていた。

「眼が覚めたか……」

部屋の隅の暗がりに新吾がいた。

留吉は驚き、慌てて起き上がろうともがいた。だが、両手を後手に縛られた留吉は、もがくだけで起き上がる事は出来なかった。新吾は、留吉を起き上がらせた。留吉は、息を荒く鳴らし、怯えた眼で新吾を見上げた。

「お前さんは……」

留吉は、嗄《か》れた声を震わせた。

「私は北町奉行所養生所見廻り同心の神代新吾だ」

「あっしが何をしたっていうんですか」

留吉は怯え、喉を引き攣《つ》らせた。

「ここで酒毒を抜いて貰おうと思ってね」

「酒毒……」

「うん」

「冗談じゃあねえ。大きなお世話です」

留吉は懸命に立ち上がった。

「座れ、留吉」

新吾は、留吉を押さえ込んだ。

「放せ。放してくれ」

留吉は、身を捩《よ》じらせて抗《あらが》った。

「落ち着け留吉」

「煩《うる》せえ、放せ」

留吉は、板の間を這いずりながら板戸へ向かった。

「留吉」

新吾は、板戸に向かって這いずる留吉の足を取って引き戻した。

「放せ」

留吉は、新吾を蹴飛ばした。新吾は飛ばされ、板壁に叩きつけられた。

「出せ。ここから出せ。酒をくれ」

留吉は身を震わせ、板戸を蹴飛ばして叫んだ。新吾は、留吉を捕まえて引きずり戻した。

「馬鹿野郎、放せ」

留吉はなおも抗った。

「留吉、酒毒を抜いておきぬやおたまたちの処に帰るんだ」

新吾は怒鳴った。

「おたま……そんなことはどうでもいい……酒だ。酒をくれ」

留吉は、身を震わせて頭を床に叩きつけ始めた。

「止めろ、馬鹿野郎」

新吾は、思わず留吉の頬を張り飛ばした。

「留吉、おきぬは今、病に掛かって寝込んでいる。おたまと太吉が可愛いなら酒を止めて家に帰るんだ」

「煩せえ、俺はもうどうしようもねえんだ。どうしようもねえ酔っ払いなんだ。煩せえ、煩せえ」

身を震わせて怒鳴る留吉の眼に涙が滲んだ。

「留吉、おたまと太吉は、お父っちゃんが帰って来てくれるのを待っているんだ。病のおっ母ちゃんの看病をしながら、お父っちゃんに帰って来てくれと願っているんだ。留吉、この通りだ。酒を止めておたまと太吉の待っている家に帰ってくれ」

「酒だ。酒をくれ、酒をくれ」

留吉は叫んだ。小刻みに震える身体を床に投げ出し、汗と涎と涙にまみれて叫んだ。

「落ち着け、留吉……」

新吾は、抗う留吉を懸命に押さえた。

「いいか留吉、俺は必ずお前の酒を止めさせてやる」

留吉は泣き出した。絞り出すような声で啜り泣いた。

「留吉……」

新吾は、啜り泣く留吉に己への怒りを見た。


板戸の向こうから聞こえていた新吾と留吉の声と物音は消えた。

浅吉は板戸に寄り掛かり、新吾と留吉の遣り取りを聞いていた。

「神代新吾か……」

浅吉は小さな笑みを浮かべた。

扉が開く軋みがし、格子戸の開けられる音がした。

「どうだ。留吉、眼を覚ましたか」

良哲が、食事と薬湯を持ってやって来た。

「ええ。今し方……」

「どんな様子かな」

「そりゃあもう……」

浅吉は苦笑した。

「だろうな……」

良哲は、浅吉の苦笑から新吾と留吉の様子を悟った。

「先生……」

「なんだい」

「新吾の旦那、いつもああなんですか」

「まあな。だが、そいつがいいのか、悪いのか……」

良哲は苦笑した。

「じゃあ、頃合を見計らって薬を飲ませ、飯を食わせてやってくれ」

「承知しました」

浅吉は頷いた。

良哲は、浅吉に薬湯と食事を渡して養生所の薬草蔵から出て行った。

隅田川を下って来た屋根船は、舳先《へさき》を竪川の流れに向けた。

竪川に入った屋根船は、一ツ目之橋を潜って二ツ目之橋に進んだ。

二ツ目之橋の傍、相生町五丁目に船宿『松屋』はあり、船着場はあった。屋根船は、船宿『松屋』の船着場に船縁《ふなべり》を寄せた。

船頭は、屋根船の障子の内に声を掛けた。

屋根船の障子が開き、大店の旦那風の初老の男が窮屈そうに肥った身体を現した。

「夜鳥の重蔵……」

半兵衛と鶴次郎は、竪川を挟んだ林町《はやしちょう》一丁目にある一膳飯屋《いちぜんめしや》の窓から見届けた。

「うん。肥った初老の男。間違いないね」

「はい。で、どうします」

鶴次郎は意気込んだ。

「日が暮れる前に踏み込もう。ここを頼む。手配りをして来る」

「はい」

半兵衛は、北町奉行所とお玉が池の半次の許に小者を走らせた。

北町奉行所与力大久保忠左衛門《おおくぼちゆうざえもん》は、お玉が池の半次の許に定町廻り同心の風間《かざま》鉄之助《てつのすけ》と捕り方たち、半兵衛の許に同心の村岡小平太《むらおかこへいた》と捕り方をそれぞれ向かわせた。

申の刻七つ（午後四時）。

半兵衛は、鶴次郎や村岡小平太を率いて船宿『松屋』に踏み込んだ。

同時刻、半次と風間鉄之助が捕り方たちとお玉が池の潰れた茶店に雪崩《なだ》れ込んだ。

盗賊・夜烏の重蔵一味は抗った。だが、半兵衛たちに容赦はなかった。

その日、盗賊・夜烏の重蔵一味は呆気なく壊滅した。

十日が過ぎた。

おきぬの肺の病は、良哲の治療とおたまや太吉の看病で日ごとに良くなり、内職の古着の繕い物を少しずつ再開した。だが、留吉は帰って来ず、新吾は現れなかった。

おたまは、新吾との指切りを信じて待ち続けた。

食事は残らず食べ終えた。

「ご馳走さまでした」

留吉は、僅かに肥った血色の良い顔で手を合わせ、食事の後片付けを始めた。

「どうだ良哲……」

新吾は、良哲に期待を込めた眼を向けた。

「うむ。どうにか酒毒も抜けたようだな」

良哲は微笑んだ。

留吉は、懸命な努力を続けて酒毒を抜いた。

「じゃあ、もう此処《ここ》から出してもいいか」

新吾は身を乗り出した。

「本人、帰りたいと云っているのか……」

良哲は眉をひそめた。

「そりゃあ怯えているが、本音はな……」

「よし。じゃあ帰してみよう」

良哲は、留吉の退所を許した。

「ありがたい」

新吾は顔を輝かせた。

銀杏の古木は梢の葉を鳴らしていた。

おたまと太吉は、井戸から水を汲んでいた。

「おたま、太吉……」

留吉は、木戸の陰からおたまと太吉を見つめて鼻水を啜った。

「さあ留吉。おたまと太吉の処に行ってやれ」

新吾は励ました。だが、留吉は迷い、躊躇《ためら》った。

「どうした留吉」

新吾は眉をひそめた。

「神代さま。おたまと太吉は、本当に許してくれるでしょうか。あっしは、盗人たちに……」

留吉は不安に震えた。

「留吉、恐ろしさは良く分かる。だが、おたまと太吉が許してくれるかどうか心配するより、どうしたら許して貰えるかを考えるべきだろう」

「は、はい……」

「まずは、女房子供を大切にして一生懸命に働くしかないのだ。私はそう思う」

新吾は告げた。

「はい……」

留吉は頷いた。

「たとえどんな仕事でも、盗人の使い走りの酔いどれよりいいのに決まっている」

「神代さま……」

「さあ、帰るんだ」

新吾は、怯え躊躇う留吉を木戸の陰から押し出した。

留吉は覚悟を決め、長屋の奥の家に右脚を引きずりながら向かった。

新吾は、留吉の後ろ姿を眩しげに見送った。

おたまと太吉が、手桶を持って家から出て来た。留吉は思わず足を止めた。

「あっ、お父っちゃん」

おたまが、留吉に気付いて叫んだ。

「おたま、太吉……」

留吉の声が涙に震えた。

「すまねえ……」

留吉は頭を下げた。

「お父っちゃん」

おたまと太吉は、留吉に飛びつくように抱きついた。そして、声を揃えて泣き出した。

「おたま、太吉……」

留吉は、おたまと太吉を抱き締めた。抱き締めて啜り泣いた。

新吾は見届けた。そして、木戸口を出て銀杏長屋を後にした。

小石川戸崎町は日差しに溢れ、爽やかな風が吹き抜けていた。

おたまとの指切りは守る事が出来た。

良かった……。

新吾は、腹の底からそう思った。だが、これでおたま一家が幸せになれると決まったわけではないのだ。

不幸せは不意に訪れる……。

新吾は、おたまたちが不意に訪れる不幸せを乗り越えるのを願うしかない。
新吾は養生所に急いだ。
養生所の門前に佇んでいる浅吉の姿が見えた。
「おう、浅吉」
新吾は思わず手を振った。
浅吉は、新吾に気付いて苦笑した。
浅吉にも礼を云わなければならない……。
新吾は、浅吉に向かって弾むように駆け出した。
新吾の鬢《びん》のほつれは風に揺れた。

第二話

待ち人

一

小石川養生所の待合室には、朝から診察を願う通いの患者が溢れていた。

養生所には、肝煎りの小川良哲を含めて本道医が二人、外科医が二人、眼科医が一人おり、通いの患者と入室患者の診察・治療に当たっていた。

入室患者は、診察、薬、食事は無料であり、季節に応じた着物を与えられ、食器や蒲団などが貸して貰えた。そして、入室出来る期間は八ヶ月であり、一度出ると同じ病を理由に再入室は許されなかった。

北町奉行所養生所見廻り同心の神代新吾は、病人部屋の見廻りの刻限になり、役人部屋を出た。

「あっ、新吾さん……」

介抱人のお鈴《すず》がやって来た。お鈴は浪人の娘で産婆見習いでもあった。

「どうした、お鈴さん」

「昨日、入室したおかよさんの亭主だって人が来ているんです」

お鈴は眉をひそめた。

「おかよの亭主……」

「ええ。今、良哲先生がお話しをしていますが……」

「どんな奴なのだ」

「それが、遊び人のような……」

「よし」

新吾は、お鈴と共に女病人部屋に向かった。

おかよは、心の臓の発作で倒れて同じ長屋の者たちに養生所に担ぎ込まれ、良哲の診断を受けて入室患者になった。

おかよは、蒼白い顔を僅かに歪めて蒲団の上に半身を起こしていた。

「だから先生、おかよはもう家に帰ってもいいだろう」

派手な半纏を着た男は、良哲に馴れ馴れしく笑い掛けた。

「何度云ったら分かるんだ。おかよは心の臓がかなり悪いのだ。次に発作で倒れたら、どうなるか……」

良哲は苛立ちを滲《にじ》ませた。

「心配するな、おかよ。お医者ってのはな大袈裟なんだ。さあ、帰る仕度をしな」

派手な半纏を着た男は、鼻先でせせら笑っておかよを促した。

「でも……」

おかよは、哀しげに躊躇った。

「おかよ、亭主の俺の云う事が聞けないってのか」

派手な半纏を着た男は、薄笑いを浮かべて声を僅かに尖らせた。

「どうした良哲……」

新吾が入って来た。

「おお、新吾」

「誰だ」

新吾は、派手な半纏を着た男を一瞥した。

「万吉《まんきち》さんだ」

良哲は、憮然とした面持ちで派手な半纏を着た男の名を新吾に伝えた。

「よし。万吉、もう見舞いの刻限は過ぎた。早々に引き取るがよい」

新吾は告げた。

「旦那、おかよはあっしの女房でして……」

万吉は、媚びるように新吾に笑い掛けた。

「違います。私は女房なんかじゃありません」

おかよは必死に告げた。

「何を云ってんだ、おかよ。お前は……」

「黙れ」

新吾は厳しく遮《さえぎ》った。

万吉は思わず怯んだ。そして、眉間に険しい皺を寄せ、表情を一変させた。

「旦那……」

「さあ、帰れ」

新吾は、いきなり万吉の襟首を摑んで廊下に引きずり出した。万吉は、仰向けにされて廊下を引きずられた。

「な、何しやがる」

万吉は激しくうろたえ、手足をばたつかせて怒鳴った。新吾は構わず万吉を引きずって廊下を進み、門の外に放り出した。

万吉は、土埃を舞い上げて無様に転がった。

「万吉、俺は北町奉行所養生所見廻り同心の神代新吾だ。文句があるなら後日ゆっくり聞いてやる。出直して来い」

新吾は、厳しく云い渡して養生所に戻って行った。

「覚えていろ……」

万吉は、立ち去る新吾を暗い眼で睨みつけながら吐き棄てた。

おかよは、小石川白山権現近くの駒込片町《こまごめかたまち》にある紫陽花《あじさい》長屋に住み、駒込吉祥寺門前の料理屋で仲居働きをしていた。

新吾が病人部屋に戻った時、おかよはお鈴の介添えで薬湯《やくとう》を飲んでいた。

「どうした」

良哲は眉をひそめた。

「うん。追い返した」

「そうか……」

良哲は、安心したように頷いた。

「ところでおかよ。万吉とは夫婦なのか……」

新吾は尋ねた。

「いいえ、違います」

「しかし、万吉はお前を女房だと……」

「神代さま、万吉は勝手にそう云い触らして私に付きまとっているんです」

おかよは困惑を滲ませた。

「しかし、勝手に云い触らしていると云うが、万吉にはそれなりの理由があるのじゃあないのか」

新吾は眉をひそめた。

「それは……」

次の瞬間、おかよは心の臓を押さえて苦しげに顔を歪めた。

「新吾、今はこれまでだ。お鈴さん、おかよを寝かせるのだ」

「はい」

良哲とお鈴は、おかよを蒲団に静かに横たわらせた。


養生所を出た新吾は、北東に広がっている武家地を通る白山御殿跡大通りを横切って進み、小石川原町《はらまち》から白山権現脇を抜けて追分《おいわけ》からの通りに出た。追分は、日本橋から一里であり、日光街道と中仙道の分かれ道だ。追分から板橋の宿までは一里八町とされていた。新吾は駒込片町に入り、自身番を訪れた。

「紫陽花長屋なら遠くはありませんよ」

店番は、紫陽花長屋への道筋を詳しく教えてくれた。

新吾は礼を述べ、紫陽花長屋に急いだ。


紫陽花長屋の木戸口には、咲く時期の過ぎた紫陽花の葉が繁っていた。

新吾は、井戸端でお喋りをしていた二人のおかみさんにおかよの家を尋ねた。

おかよの家は長屋の奥にあった。

新吾はおかよの家を覗いた。薄暗い家の中は、綺麗に掃除や片付けが行われ、女の一人暮らしを感じさせた。

「おかよ、家族はいなかったのか……」

新吾は、おかみさんたちに尋ねた。

「ええ。おかよさん、昔所帯を持った事はあるそうだけど、今は独り身ですよ」

おかみさんは眉をひそめた。

「親しく出入りしている者、いなかったかな」

「さあ……」

おかみさんは首を捻った。

「男もいなかったか」

新吾は、万吉の影を捜した。

「時々、夜遅く話し声が聞こえた事があったけど、何だか良く分からないね」

長屋のおかみさんたちは、万吉の存在を知らなかった。それは、おかよと万吉が夫婦であるのを否定する事でもあった。

「でもさ、私一度だけ見た事はあるんだよ」

「何をさ……」

「おかよさんがさ、土物店《つちものだな》の辺りで浪人さんと一緒にいたのをさ」

おかみさんの一人が眉をひそめた。

「浪人……」

新吾は戸惑った。

「どんな浪人だった」

「どんなって、旅仕度の浪人でさ。月代《さかやき》を伸ばしていましてね。何だか親しそうでしたよ」

土物店は、駒込片町から吉祥寺門前の間にあった。

おかよは、紫陽花長屋から通い奉公をしている料理屋への往復の途中に旅仕度の浪人と一緒にいた。

浪人は何者なのか……。

「で、そいつはいつ頃の話だ」

「そうだねえ。丁度、ひと月ぐらい前だったかな。うん」

おかみさんは自分の言葉に頷いた。

新吾は、おかよが通い奉公をしていた吉祥寺門前の料理屋に向かった。

吉祥寺門前の料理屋『若菜』は、落ち着いた佇まいの店構えだった。

新吾は、『若菜』の帳場に通され、女将に茶を振る舞われた。

「それで神代さま。おかよさんの具合、如何なのでございましょうか」

女将は、心配げに眉をひそめた。

「うん。今のところ、落ち着いているよ」

新吾は茶を啜った。

「そりゃあ良かった」

女将は笑みを浮かべた。

「それで女将、ちょいと訊きたいのだが、万吉という奴を知っているか」

「万吉さんですか……」

女将は戸惑いを浮かべた。

「うん。知っているんだな」

「おかよさんの亭主で板前ですよ」

女将は事も無げに答えた。

「亭主で板前……」

新吾は戸惑った。

「ええ。万吉さんの女房だって云うので、おかよさんを仲居に雇ったんですよ」

「ほう。そうなのか……」

新吾は、戸惑いを慌てて隠した。

「もっとも万吉さん、うちの板前をしていたのは昔で、今は違いますけどね」

「万吉、今、何処で板前をやっているんだ」

「さあ、池之端の料理屋だと聞いていますが、店の名前は存じません」

女将は首を捻った。

「じゃあ、おかよはいつからここに奉公しているんだい」

「もうひと月になりますか、陰日向なく良く働く人でしてね。そりゃあ、いい人ですよ」

「そうか……」

おかよは、ひと月前に万吉の女房として料理屋『若菜』に仲居に雇われた。そして、同じ頃に旅仕度の浪人と親しそうにしていた。

新吾は、女将に礼を述べて料理屋『若菜』を後にした。

日はすでに沈み、駒込の町は夕闇に包まれていた。

新吾は、夜道を八丁堀に向かった。

おかよと万吉の本当の関わりは何か……。

旅仕度の浪人は何者なのか……。

新吾は、白山権現脇を抜けて本郷通りを湯島に出る道筋を急いだ。

新吾は、武家屋敷の土塀が続く追分に差し掛かった。

「新吾さん、浅吉だ」

土塀の暗がりから浅吉が新吾を呼んだ。

「浅吉……」

新吾は、怪訝に思い立ち止ろうとした。

暗がりに潜んでいた浅吉は、〝手妻〟の異名を持つ博奕打ちだ。

「止まっちゃならねえ」

浅吉は、暗がりを進みながら厳しく囁いた。新吾は喉を鳴らして頷き、歩き続けた。

「浪人が二人、尾行《つけ》ている」

「なに……」

新吾は微かにうろたえた。

「あっしは浪人どもの後ろに付く」

浅吉はそう囁き、武家屋敷の土塀の途切れた路地に消えた。新吾は、背後の気配を窺った。二人の浪人の影が暗がりに揺れた。

浅吉の報せに間違いはなかった。

二人の浪人は何者なのだ……。

そして、どうして俺を尾行るのか……。

新吾が町奉行所同心なのは姿を見れば分かる。分かれば、住まいが八丁堀だと容易に知れる。だとしたら尾行者の二人の浪人は、新吾の素姓や住まいを突き止めようとしているわけではない。

尾行の目的は俺の命……。

新吾の勘が囁いた。

二人の浪人は、暗がりに影を揺らしながら追って来る。新吾は、背後の気配に気を集中させて進んだ。そして、加賀藩前田家の上屋敷の前を過ぎ、左右に町方の家並みが続く通りになった。刹那、背後の気配が揺れ、一気に膨れ上がった。

新吾は振り向いた。

同時に、二人の浪人が猛然と迫り、刀を閃《ひらめ》かせた。新吾は咄嗟に躱《かわ》し、素早く体勢を立て直して刀を抜いた。

「何者だ。北町奉行所養生所見廻り同心の神代新吾と知っての狼藉か」

新吾は怒鳴り、牽制した。

二人の浪人は、再び新吾に斬り掛かってきた。

新吾は、刀を横薙《な》ぎに一閃《いっせん》させた。

火花が飛び散り、焦げ臭さが漂った。

新吾は正眼に構えると、二人の浪人と対峙した。

「火事だ。誰か、火事だぁ」

その時、浅吉の声が夜空に響いた。

近所の人々が、慌てた様子で家の外に飛び出して来た。二人の浪人は慌てた。人は〝人殺し〟の声には身をひそめるが、〝火事〟の叫びには飛び出して来る。

「火事だ。人殺しだ」

浅吉の叫び声は続き、飛び出して来た人々が、斬り合いに気付いて騒ぎ始めた。

二人の浪人は、舌打ちをして身を翻した。

「おのれ……」

新吾は追った。

二人の浪人は来た道を駆け戻って行った。

新吾は思いを巡らせた。

二人の浪人の顔に見覚えはなかった。

誰かに頼まれての襲撃なら、依頼主を突き止めなければならない。

新吾は、小走りに行く二人の浪人を見据えて追った。

二人の浪人は、加賀藩前田家の江戸上屋敷の前を駆け抜け、追分から谷中への道に入った。そして、根津権現の脇から三浦坂を通って谷中・天王寺門前の寺町に進んで行く。天王寺門前の谷中八軒町《はちけんちょう》は酔客で賑わっていた。

二人の浪人は、背後を振り返って辺りを警戒した。新吾は咄嗟に物陰に隠れた。

そして、身を潜めながら二人の浪人を窺った。しかし、二人の浪人の姿はすでになく、酔客だけが行き交っていた。

しまった、見失った……。

二人の浪人は、立ち並ぶ八軒町の居酒屋か小料理屋の何処かに入ったのだ。

「くそっ」

新吾は、己の間抜けさを悔しがった。

「新吾さん……」

浅吉が、粋な縞の半纏を翻して現れた。

「浅吉……」

「こっちですぜ」

浅吉は路地の奥を示した。

「そうか……」

新吾は、浅吉の案内で裏通りに向かった。

浅吉も、二人の浪人を暗がり伝いに追って来ていたのだ。

裏通りには飲み屋が連なっていた。

「浪人どもはここに入ったぜ」

浅吉は、一軒の小さな古い飲み屋を新吾に示した。

「ここか……」

小さな古い飲み屋には、屋号を書いた暖簾や提灯はなかった。

「ああ。馴染みのようで、迷う様子もなく入っていったぜ」

「踏み込んで、誰に頼まれたか問い質してくれる」

新吾は勇んだ。

「そいつはどうかな」

浅吉は苦笑した。

「浅吉……」

「踏み込むのは、ここがどんな店か突き止めてからでも遅くはねえ」

「そうだな……」

飲み屋が浪人どもの溜まり場なら騒ぎになり、無事には済まない。

「先ずは、面の割れていない俺が様子をみてくるよ」

「そうか……」

「ああ。じゃあ……」

浅吉は、薄笑いを浮かべて飲み屋の腰高障子《こしだかしょうじ》を開けた。

「邪魔するぜ」

浅吉は飲み屋に入った。

「いらっしゃい……」

飲み屋の親父が、値踏みをするような目付きで浅吉を迎えた。

「酒を貰おうか」

浅吉は、そう云いながら店内を素早く見廻した。僅かな客のいる店内には安酒の臭いが満ち溢れていた。二人の浪人は、入れ込みの隅で派手な半纏を着た男と酒を飲んでいた。

浅吉が入れ込みにあがり、男と浪人たちの近くに座ると男たちの話し声が聞こえてきた。

「そうですか。邪魔が入りましたか……」

男は眉をひそめた。

「うん。後一歩のところだったのだが。なあ、松本……」

「ああ……」

松本と呼ばれた浪人は酒を啜った。

男は、浮かぶ嘲りを隠すように酒を飲んだ。

「そんな顔をするな万吉。野郎は俺たちが必ず始末してやるぜ」

「いいですかい、田中さん。信用して……」

万吉は、田中と呼んだ浪人を疑いの眼で一瞥した。

「そりゃあもう、信用して貰うしかあるまい」

田中と松本は酒を飲んだ。

「分かりました。とにかく奴が帰って来る前に始末して下さいよ」

万吉は、厳しい面持ちで田中と松本に告げた。

「ああ、勿論だ。任せておけ」

「親父、酒を頼む」

田中と松本は、安心したように酒を飲んだ。

浅吉は、手酌で猪口を満たした。

浪人たちは松本に田中……。

そして、新吾を始末するように頼んだのは遊び人風の万吉……。

浅吉は酒を飲んだ。

安酒の臭いが鼻を突いた。

「万吉……」

四半刻ほどで店を出て来た浅吉から、男たちが話していたことを聞いた新吾は眉をひそめた。

「知っているのか……」

「うん」

「どんな奴だ」

新吾は、万吉が心の臓の病のおかよを、養生所から連れ出そうとしたのを教えた。

「って事は、新吾さんはおかよを連れ出すのに邪魔だから襲ったってことか」

浅吉は睨んだ。

「きっとな……」

新吾は、不愉快そうに頷いた。

「まいど……」

万吉が、飲み屋の親父に見送られて出て来た。新吾と浅吉は、素早く物陰に潜んだ。

飲み屋を出た万吉は、谷中八軒町から寺町を抜けて行く。

「万吉……」

新吾は睨み付けた。

「どうする」

「追ってみる」

新吾は物陰を出た。

浅吉は続いた。

万吉は寺町を抜けて団子坂に出た。そして、千駄木坂下町に進み、茶店の裏手に入って行った。

新吾と浅吉は見届けた。

刹那、茶店の裏手から万吉の絶叫があがった。新吾と浅吉は、弾かれたように裏手への路地に走った。

裏手の勝手口の板戸は開いていた。

新吾と浅吉は、勝手口から茶店に入った。

血の臭いが漂い、足許が濡れて滑った。

新吾は緊張した。

浅吉が蠟燭に火を灯し、辺りを照らした。

暗い台所に万吉が倒れていた。

「万吉……」

新吾と浅吉は、倒れている万吉を覗き込んだ。万吉は袈裟懸けに斬られ、血にまみれて絶命していた。

二

万吉は、左の肩口から斜に右の胸に掛けて斬り下げられていた。

見事な袈裟懸けの一太刀……。

斬ったのはかなりの使い手であり、武士なのは間違いない。そして、万吉が戻るのを待ち構えての凶行であり、その間には問答も躊躇いも窺わせなかった。

「下手人、最初から万吉を殺《あや》めるつもりだったんでしょうね」

浅吉は眉をひそめた。

「きっとな……」

下手人は、帰って来た万吉を袈裟懸けの一太刀で斬り棄て、新吾と浅吉が駆け付ける前に素早く逃げ去った。

恐ろしい程の手練《てだれ》……。

新吾は背筋に寒気を覚えた。

浅吉は、血に汚れた雪駄《せった》を脱ぎ、蠟燭の火をかざして茶店の奥に入った。

茶店はすでに潰れており、家の中は居間を除いて荒れていた。おそらく万吉は、潰れた茶店に勝手に住み着き、居間と台所だけを使って暮らしていたのだ。

いずれにしろ不審な様子や物はない……。

浅吉は台所に戻った。

新吾は万吉の懐を探り、巾着などを取り出した。そして、巾着の中を調べた。

巾着の中には、一分金《いちぶきん》と一朱銀《いっしゅぎん》が一枚ずつと何枚かの文銭《ぶんせん》、そして小さく折り畳んだ紙があった。

「なんですかね……」

浅吉は蠟燭の火をかざした。

「うん……」

新吾は、小さく折り畳まれた紙を開いた。紙には、抜き身の短刀が描かれていた。そして、短刀の鎺《はばき》に開かれた扇の絵があった。

「扇か……」

新吾は眉をひそめた。

浅吉は紙を手に取り、蠟燭の火にかざして見た。だが、扇の絵以外に描かれている物はなかった。

「家の紋所じゃあねえのかな」

浅吉は、短刀の鎺に描かれた扇をそう睨んだ。

「家紋か……」

「ああ……」

浅吉は、紙を新吾に渡した。

「家紋なら五本骨扇《ごほんぼねおうぎ》ってやつだな……」

浅吉が睨んだ通り、短刀に描かれた扇は五本骨扇の家紋に違いないのだ。

新吾は、紙を小さく折り畳んで懐に入れた。

「さあて、どうする」

浅吉は尋ねた。

「自身番に報せてから、久し振りに一杯やらないか。これ以上は定町廻りの役目だ。もう出る幕はないよ」

新吾は喉を鳴らした。

「俺もそいつを楽しみに養生所に向かっていたら、白山権現の傍で浪人どもに尾行られている新吾さんを見掛けてね……」

浅吉は笑った。

・

万吉殺しは、北町奉行所臨時廻り同心の白縫半兵衛の扱いになった。

新吾は、半兵衛に事の経緯を説明した。

「それで、万吉殺しに行き当たったか……」

「はい」

新吾は頷いた。

「何だか裏にいろいろありそうな一件だね」

半兵衛は興味を示し、岡っ引の本湊の半次に万吉の身辺を探らせ、鶴次郎に五本骨扇の家紋の彫られた短刀を追わせた。

朝、養生所の医師たちは、入室患者と通いの患者たちの診察に忙しかった。

おかよの心の臓は、僅かずつ安定を取り戻していた。だが、悪化する速度は遅くなるが、心の臓が元に戻る事はない。つまり、おかよの心の臓は、悪いなりに落ち着くしかないのだ。

「さあ、おかよさん、お薬ですよ」

お鈴は、良哲に指示された通りの薬湯をおかよに飲ませた。

おかよは、薬湯を飲み干して小さな吐息を洩らした。

「良哲先生の見立てでは、大分良くなったそうですよ」

お鈴は励ました。

「そうですか……」

おかよは、小さな笑みを浮かべた。

「さあ、横になりますか」

「いえ。まだ、このままで……」

おかよは、蒲団の上に座ったまま明るい庭を眩《まぶ》しげに眺めた。

日差しに溢れた明るい庭には、白い晒《さら》し布などの洗濯物が微風に揺れ、病状が回復した病人たちが足慣らしをしていた。
おかよは眼を瞑《つぶ》った。瞑った瞼に、日差しの明るさと暖かさが感じられた。
瞼の裏に小さな人影が浮かんだ。
平四郎《へいしろう》さま……。
おかよは思わず呟いた。
瞼の裏の小さな人影は近づいて来た。そして、人影の輪郭が次第に定かになって来た。
平四郎さまが、約束通り迎えに来てくれた……。
近づいて来る人影が武士の姿になった。
もう少しで平四郎さまのお顔が見える……。
おかよは、密かに胸を高鳴らせた。
次の瞬間、瞼に感じていた日差しの明るさが不意に覆われた。
おかよは眼を明けた。
「やあ、具合はどうです」
新吾はおかよの思いも知らず、庭からの日差しを遮りながら入って来た。
「あら、新吾さん……」

お鈴は、辺りを片付けていた手を止めた。

「お蔭さまで大分良くなりました」

おかよは、居住まいを正して新吾に頭を下げた。

「そいつは良かった」

新吾は微笑んだ。

「はい……」

「ところでおかよ。万吉との関わり、教えてくれないかな」

「万吉さんとの関わり……」

おかよは眉をひそめた。

「ええ……」

新吾は、万吉が何者かに殺された事を内緒にして尋ねた。

「万吉さんは、私が吉祥寺門前の若菜という料理屋さんに奉公する時、口利きをしてくれた人です」

「ほう、それだけの関わりで、亭主だと云って養生所から出そうとしたのか……」

新吾は、眉をひそめて首を捻った。

「万吉さん、私を女房だと云って若菜の女将さんに口を利いたものですから、きっと……」

おかよは、嘘をついたのを恥じるように俯いた。

おかよの言葉は、新吾の調べた範囲と違いはない。

「おかよ、万吉とはどうして知り合ったのかな……」

「それは……」

おかよは躊躇った。

「おかよさん、新吾さんは決して悪いようにはしませんよ」

お鈴は、安心させるように微笑んだ。

「知り合いに……知り合いに引き合わせて貰いました」

おかよは、固い面持ちで項垂《うなだ》れた。

「その知り合い、誰ですか」

「矢沢《やざわ》平四郎さまと仰るご浪人です」

「矢沢平四郎……」

おそらく長屋のおかみさんが、ひと月前に見たおかよと一緒にいた旅仕度の浪人だ。

「その矢沢平四郎さんとは、どのような知り合いですか」

新吾はおかよの表情を窺った。

「平四郎さまは今、江戸にはおりません」

おかよは話を逸《そ》らした。

矢沢平四郎は、やはり旅仕度の浪人なのだ。

新吾は確信した。

「何処に行っている」

「存じません……」

おかよは、固い面持ちで新吾を見つめた。

「本当だね」

「はい……」

おかよは、新吾から眼を逸らさずに頷いた。

嘘はない……。

新吾は、そう判断した。

「そうか。ところでおかよ、この絵が何か知っているか」

新吾は、万吉が持っていた抜き身の短刀の絵を見せた。

「短刀ですか……」

おかよは戸惑いを滲ませた。

「うん。見覚えはないかな」

「さあ……」

おかよは困惑した。

「そうか、知らないか」

「はい……」

おかよは不安げに頷いた。

「いや。邪魔をした。ゆっくり休んで下さい」

新吾は、短刀の絵を懐に仕舞い、病人部屋を出た。

おかよは、頭を下げてその後姿を見送った。

「さあ、おかよさん、もう横になりましょう」

「はい……」

おかよは、お鈴の手を借りて蒲団に横たわった。

平四郎さまが帰って来るまでに、心の臓を治さなければならない……。

おかよは、瞼の裏に再び人影が現れるのを願いながら眼を瞑った。

「どうだった」

役人部屋に戻った新吾を半兵衛が待っていた。

「はい……」

新吾は、おかよから聞き出した事を半兵衛に報せた。

「そうか、万吉の事は余り知らないか……」

「はい。万吉は知り合いの矢沢平四郎という浪人から引き合わされたそうです」

「矢沢平四郎ねえ……」

「ええ。おかよ、詳しい事は口を濁しましてね。今、江戸にはいないと云うだけで……」

「江戸にいない……」

半兵衛は眉をひそめた。

「はい。旅に出ているそうです」

「旅ねえ……」

半兵衛は思いを巡らせた。

「それからおかよ、五本骨扇の家紋入りの短刀には見覚えがないと……」

「そうか……」

「半兵衛さん、万吉が殺された事、おかよには云いませんでしたが、教えた方が何か分かるかも知れません」

新吾は身を乗り出した。

「新吾、ようやく落ち着いたおかよさんの心の臓、わざわざ驚かせてまた悪くする事もあるまい」

半兵衛は笑った。

「半兵衛さん……」

「よし。造作を掛けたね」

半兵衛は立ち上がった。

「いいえ……」

新吾は、帰る半兵衛を見送りに門前に出た。

「あの、神代さま……」

下男の宇平が、遠慮がちに声を掛けて来た。

「どうした宇平……」

「はい……」

宇平は半兵衛に会釈をした。

「私に気遣いは無用だよ」

「はい。申し訳ございません。神代さま、先程、入室患者におかよと申す者はいるかと聞いて来た方がおりました」

宇平は眉をひそめた。

「なに……」

新吾は、半兵衛と顔を見合わせた。

「どんな奴だった」

「それが、深編笠《ふかあみがさ》を被って、ご浪人のようでした」

「浪人……」

新吾は緊張を滲ませた。

「はい……」

「半兵衛さん、ひょっとしたら矢沢平四郎じゃあないでしょうか」

「かも知れないね。それで何て答えたんだい」

半兵衛は宇平に尋ねた。

「はい。手前には良く分からないと……」

宇平は、厳しい面持ちで告げた。

「そうか。よくやってくれたね」

半兵衛は宇平を褒めた。

「へい……」

宇平は、安心したような笑みを浮かべた。

「半兵衛さん……」

「新吾、その浪人、おそらくまた訪ねて来るよ」

「そうか……」

新吾は気が付いた。

半兵衛は、それを狙って機転を利かせた宇平を褒めたのだった。

「新吾、その浪人の素姓、突き止めるんだね」

「はい」

新吾は、張り切って頷いた。

天王寺門前の谷中八軒町の盛り場は、遅い朝を迎えていた。

古い小さな居酒屋は、すでに表の掃除を終えて腰高障子を開けていた。

真っ当な居酒屋……。

浅吉はそう睨み、居酒屋に入った。

「店はまだだよ」

店の親父は、入れ込みの掃除をしながら浅吉を一瞥した。

「父っつぁん、俺は客じゃあねえ。ちょいと訊きたい事があってね」

浅吉は小細工をしなかった。

「お前さん、昨夜来ていたね」

親父は、掃除の手を止めて浅吉に鋭い眼を向けた。

「ああ……」

浅吉は苦笑した。

「で、何を訊きたいんだい」

「昨夜、俺の隣で飲んでいた浪人ども、何処に住んでいるか分かるかな」

「松本健次郎《けんじろう》と田中芳之助《よしのすけ》かい」

親父の眼に嘲《よ》りが過ぎった。

「ああ。その松本と田中だよ」

「入谷の鬼子母神の傍だと聞いたが、詳しくは知らねえな」

「入谷の鬼子母神か……」

谷中八軒町と入谷鬼子母神は、上野寛永寺の裏手を抜ければ近い。

「奴ら何をしたんだい」

「俺の知り合いに闇討ちを仕掛けやがってな。もっとも失敗したが……」

「大した腕でもねえのに、金で何でもする奴らだからな」

親父は嘲笑した。

「松本と田中、どんな奴らと付き合っているんだい」

「確か花川戸《はなかわど》の口入屋《くちいれや》に出入りしていると聞いた事があるぜ」

「何て口入屋かな」

「そこまではな……」

親父は掃除を始めた。

潮時だ……。

口入屋は調べれば分かる。

「父っつぁん、邪魔したな。いろいろ助かったよ。こいつは手を止めさせた詫びの印だぜ」

浅吉は、親父に一朱金を握らせた。

「こいつは済まねえな。良かったらゆっくり飲みに来な」

親父は笑った。

「ああ、そうさせて貰うよ。じゃあな」

浅吉は飲み屋を出て、谷中八軒町から入谷に向かった。


養生所は通いの患者たちの診察も一区切りつき、昼飯の刻限になった。

新吾は、病人部屋の見廻りを終えて役人部屋に戻った。

「神代さま……」

下男の宇平が、緊張した面持ちでやって来た。

「現れたか……」

新吾は、深編笠を被った浪人が再び現れたと読んだ。

「はい。裏から庭を窺っています」

「よし」

新吾は羽織を脱ぎ、塗笠《ぬりがさ》を手にして裏口に急いだ。


着流し姿で深編笠を被った浪人は、裏手の道から養生所の庭先を窺っていた。

庭先に洗濯物が翻り、足慣らしをする入室患者が僅かにいた。

浪人は深編笠をあげ、足慣らしをする入室患者たちの中に誰かを探していた。

おかよを捜している……。

新吾は睨んだ。

だとしたら矢沢平四郎かも知れない……。

新吾は、深編笠の浪人を見守った。

浪人は深編笠を下ろし、重い足取りで養生所の裏手から離れた。

新吾は、塗笠を被って尾行を始めた。

深編笠の浪人は、武家屋敷街を白山御殿跡大通りに向かった。

新吾は慎重に追った。

三

入谷の真源院鬼子母神の境内は、子供たちの楽しげに遊ぶ声が響いていた。

浅吉は、鬼子母神界隈に松本と田中の二人の浪人を捜した。そして、鬼子母神裏の長屋に二人が暮らしているのを突き止めた。

浅吉は、長屋の二人の暮らす家の様子を探った。松本と田中は、出掛ける仕度をしていた。浅吉は木戸口に潜み、松本と田中が長屋を出るのを待った。

松本と田中は長屋を出た。

浅吉は尾行を始めた。

武家屋敷街を抜けて小石川白山御殿跡大通りを進むと逸見坂《へんみざか》に出る。その逸見坂を北東に行くと白山権現がある。

深編笠を被った浪人は、白山権現の境内を抜けて駒込片町に出た。

新吾は、充分に距離を取って追った。

深編笠を被った浪人は、駒込片町を進んで古い寺の山門を潜った。

新吾は、山門に掲げられた扁額を一瞥して寺の境内に入った。扁額には『松徳寺』と書き記されていた。

新吾が境内に入った時、深編笠を被った浪人は本堂の裏手に入って行った。

新吾は本堂に走り、その陰から裏庭を窺った。

裏庭には小さな家作《かさく》があり、深編笠を被った浪人の姿は見えなかった。

小さな家作に入った……。

新吾はそう睨んだ。

深編笠を被った浪人は、松徳寺の家作に住んでいる……。

新吾は、確かめる手立てに思いを巡らせた。

「どなたさまですか」

甲高い声に新吾は振り返った。

箒を握り締めた小坊主が、新吾を警戒する眼で睨み付けていた。

「やあ……」

新吾は、思わず笑みを浮かべた。

「何か御用ですか」

小坊主は、新吾の笑みに怒りを滲ませた。

「いや。実はこちらの家作に白縫半兵衛さんが住んでいると聞いて来たのだが……」

「白縫半兵衛さま……」

小坊主は眉をひそめた。

「うむ」

新吾は頷いた。

「そんな方は住んでおりません」

小坊主は、新吾の言葉を遮った。

「えっ、白縫半兵衛さんだぞ」

「白縫半兵衛さんなんて知りません。うちの家作に住んでいるのは、矢沢平四郎さまと仰る方です」

小坊主は、新吾の誘いに乗った。

「そうか、矢沢平四郎どのか。いや、邪魔をしたな」

深編笠の浪人はやはり矢沢平四郎であり、旅から帰って来ていたのだ。

新吾は、小坊主の頭を撫でてやりたい思いに駆られながら松徳寺の山門に向かった。

松徳寺を出た新吾は、矢沢平四郎に関する聞き込みを始めた。

田畑の緑は風に揺れていた。

入谷鬼子母神裏の長屋を出た松本と田中は、田畑の中の道を浅草に向かっていた。

花川戸の口入屋に行く……。

浅吉は睨み、二人を尾行した。

行く手に金龍山浅草寺の伽藍が見えた。

松本と田中は、浅草寺の裏を抜けて北馬道町《きたうまみちちょう》に出た。そして、花川戸町にある一軒の店に入った。店は浅吉が睨んだ通り、『恵比寿屋』という口入屋だった。

浅吉は見届けた。

隅田川から川風が吹き抜けた。


北町奉行所の同心詰所には、格子窓から日が差し込んでいた。

半兵衛は、岡っ引の本湊の半次に茶を差し出した。

「こいつは畏れ入ります」

「で、万吉の事、何か分かったかい……」

「はい。万吉は半端な野郎ですが、渡り中間をしていましてね。その時に知り合った佐藤涼一郎《さとうりょういちろう》という旗本の屋敷に出入りをしていましたよ」

「旗本の佐藤涼一郎……」

半兵衛は眉をひそめた。

「はい。三百石取りの小普請組《こぶしんぐみ》で、住まいは小石川御門前の水戸さまの屋敷の傍でしてね。ちょいと聞き込んだのですが、余り良い評判はありませんね」

「万吉、その佐藤涼一郎と何をしていたんだ」

「そいつなんですがね。他人の弱味を探り出しては強請《ゆす》りやたかりを働いていたとか……」

半次は軽蔑を滲ませた。

「じゃあ万吉、強請りたかりの恨みを買って殺されたのかな」

半兵衛は思いを巡らせた。

「そうかもしれませんが……」

半次は眉をひそめた。

「他に何かあるのかい」

「旦那。万吉の野郎、近々大金が手に入ると云い触らしていたそうですよ」

「大金が手に入る……」

「ええ。誰かの弱味でも握ったんですかね」

「そして、強請りを掛けようとして、先手を打たれたか……」

半兵衛は推し量った。

「違いますかね」

「となると佐藤涼一郎か……」

「はい」

半次は、厳しい面持ちで頷いた。

「よし。佐藤涼一郎を調べてみよう」

「はい」

半次は嬉しげに頷いた。

「旦那……」

鶴次郎がやって来た。

「おう。五本骨扇の紋所の短刀の絵、何か分かったかい」

「はい。五本骨扇の家紋の入った短刀ですが、どうやら大身旗本《たいしんはたもと》の大河内出羽守《おおこうちでわのかみ》さまが、姫さまが生まれた時、護り刀として作らせた物のようですよ」

「大河内出羽守さま……」

大河内出羽守は、四千石取りの旗本で八人いる留守居年寄《るすいどしより》の一人であった。

「その大河内さまが、姫さまの護り刀として作らせたものか……」

半兵衛の眼が鋭く輝いた。

「よし。鶴次郎、万吉が大河内さまの屋敷に中間奉公《ちゅうげんぼうこう》したかどうか探ってくれ」

「はい……」

鶴次郎は頷いた。

半兵衛は、万吉殺しの裏に潜むものを突き止めようとした。

浅吉は、口入屋『恵比寿屋』の見える蕎麦屋に入り、酒を啜りながら見張りはじめた。

隅田川には様々な船が行き交っていた。

口入屋『恵比寿屋』は、普請場の人足や大名旗本家の中間・小者《こもの》などの周旋《しゅうせん》を主にしており、主は仙蔵《せんぞう》といった。

仙蔵自身、昔は渡り中間をしており、決して評判の良い者ではなかった。

やがて、『恵比寿屋』の前に町駕籠が着いた。浅吉は、猪口を置いて町駕籠から降りる者を見つめた。

町駕籠から着流しの痩せた侍が降り、辺りを鋭く見廻して『恵比寿屋』に入って行った。侍は着物や月代《さかやき》の様子から見て、浪人でも大名家の家来でもなかった。

おそらく旗本御家人……。

浅吉はそう睨んだ。

「万吉が殺された……」

松本健次郎と田中芳之助は、驚きに言葉を失って顔色を変えた。

「知らなかったのか……」

『恵比寿屋』仙蔵は、厳しい眼で松本と田中を見据えた。

「ああ……」

松本は頷き、田中が慌てて続いた。

「佐藤さま、お聞きの通りですぜ」

仙蔵は、着流しの侍に苦笑して見せた。

佐藤と呼ばれた着流しの侍は、侮《あなど》りを滲ませた眼で松本と田中を一瞥した。

「昨夜、万吉と一緒だったと聞いたが、何か変わった事はなかったのか」

「そ、それは……」

松本は、田中に怯えた眼を向けた。

「実は佐藤さま。昨夜、俺たちは万吉に頼まれて北町奉行所の養生所見廻り同心に闇討ちを仕掛けて……」

田中は声を震わせた。

「闇討ちだと……」

佐藤は眉をひそめた。

「ええ。何でも川越に行った矢沢の女が養生所にいて、そいつを連れ出すのに邪魔だから片付けてくれと……」

松本は、田中の言葉に喉を鳴らして頷いた。

「して、首尾は……」

佐藤は、松本と田中を冷たく見据えた。

「失敗しました……」

松本と田中は、悄然《しょうぜん》と項垂れた。

「佐藤さま、まさかその同心が万吉を……」

仙蔵は身を乗り出した。

「それはあるまい。それより仙蔵、矢沢平四郎はどうした」

「万吉、川越から戻ったとは云っていませんでしたが。松本さん、田中さん、何か聞いちゃあいないのかい」

「別に、なあ……」

松本は、怯えたように田中に同意を求めた。

「ああ……」

田中は、喉を鳴らして頷いた。

「梅次《うめじ》……」

仙蔵は、控えていた手下の梅次を呼んだ。

「へい……」

「矢沢平四郎、江戸に帰って来ているかどうか、急いで調べてみな」

「分かりました」

梅次は頷き、小さく会釈をして出て行った。

「仙蔵、万吉から我らも辿られるかも知れぬ」

佐藤は薄い唇を歪ませた。

「はい……」

仙蔵は頷いた。

「辿られそうな繋がりは、出来るだけ断ち切るしかあるまい」

佐藤は冷酷に告げ、松本と田中を一瞥した。

「承知しました」

仙蔵は薄笑いを浮かべて頷いた。

四半刻が過ぎた。

若い男が一人、その間に小走りに出掛けた。そして、着流しの旗本らしき瘦せた男が現れ、若い衆たちに見送られて浅草広小路に向かった。

何処の誰か突き止めてやる……。

浅吉は追った。

松徳寺の境内には、住職の読む経が朗々と響いていた。

浪人・矢沢平四郎は、剣術道場の師範代や日雇いの人足働きをしており、暇な時には近所の子供たちに文字を教えたりしていた。

評判は良い……。

新吾は、聞き込みを続けた。そして、評判が良い割には金に困っていたのを知った。

矢沢は、何処に何をしに旅に出たのか……。

いつ旅から帰って来たのか……。

おかよとはどんな関わりなのか……。

新吾は思いを巡らせた。

浅草花川戸から蔵前通りを進み、浅草御蔵前を西に入り、新堀川《しんぼりかわ》と三味線堀《さみせんぼり》を越えて下谷に抜け、神田明神を過ぎると本郷に出る。

着流しの侍は、本郷通りを横切って武家屋敷街を水戸藩江戸上屋敷の方に急いだ。

浅吉は慎重に追った。

着流しの侍は、水戸藩江戸上屋敷の傍の武家屋敷に入った。

浅吉は見届けた。

着流しの侍が、武家屋敷から出て来る気配はなかった。浅吉は、武家屋敷の主が誰なのか聞き込みを始めた。そして、武家屋敷の主が三百石取りの旗本・佐藤涼一郎だと分かった。

旗本・佐藤涼一郎……。

佐藤は、今度の一件にどのように関わっているのか……。

浅吉は、佐藤涼一郎の身辺を探る事にした。

夕陽は沈み、養生所に夜が訪れた。

養生所は通いの患者の診察も終え、入室患者の夕食の刻限を迎えていた。

お鈴たち介抱人や宇平たち下男は、忙しく立ち働いていた。新吾たち同心は、入室患者たちが夕食を済まし、決められた薬湯を飲んだか見廻った。

おかよは、夕食を終えて薬湯を飲み、身を蒲団に横たえていた。

「どうかな……」

新吾はお鈴に尋ねた。

「おかよさん、別に変わった事はありませんよ」

「そうか……」

「新吾さん、矢沢平四郎さまはまだ帰って来ないのですか」

お鈴は眉をひそめた。

「う、うん……」

新吾は言葉を濁した。

「おかよさん、待っているんですよね。矢沢さまが帰ってくるのを……」

お鈴は吐息を洩らした。

「待ち人か……」

新吾は、入室患者たちに変わった様子のないのを見届け、養生所見廻り同心としての一日の仕事を終えた。

松徳寺の屋根は、月明かりを浴びて蒼白く輝いていた。

一人の男が境内に忍び込んで本堂裏の家作を窺っていた。

家作からは僅かな明かりが洩れていた。

男は眉をひそめ、家作に忍び寄って明かりの洩れている雨戸の隙間を覗いた。

家の中に火の灯された行燈《あんどん》だけが見えた。

男は、家の中に人影を探した。

「私を捜しているのか……」

矢沢平四郎が背後から声を掛けた。

その男は、驚きながらも飛び退いて匕首《あいくち》を抜き払った。

平四郎は咄嗟に躱した。その隙を突いて男は境内に逃げた。

「待て」

平四郎は追った。

男は境内を横切り、山門に走った。そして、山門を出ようとした時、目の前に新吾が現れた。男は驚き怯んだ。次の瞬間、新吾は男を捉え、素早く投げを打った。男は地面に激しく叩きつけられ、苦しげに呻いて気を失った。

「おのれ……」

新吾は、刀の下緒《さげお》を使って男を素早く縛りあげた。鮮やかな手際だった。

平四郎は、眉をひそめて見守った。

「やあ……」

新吾は、平四郎に笑い掛けた。

「御貴殿は……」

「北町奉行所養生所見廻り同心の神代新吾です」

新吾は己の素姓を告げた。

「神代新吾どの……」

平四郎は、僅かな緊張を窺わせて探る眼差しを向けてきた。

「はい。おぬしは矢沢平四郎さんですね」

「いかにも……」

平四郎は頷いた。

「何者ですか、こいつは……」

新吾は、気を失っている男を示した。

「はあ……」

平四郎は言葉を濁した。

「知らないとは云わせませんよ」

新吾は笑った。若者らしい邪気のない笑みだった。

「おそらく花川戸の恵比寿屋という口入屋の梅次と申す者でしょう」

「口入屋の恵比寿屋の者ですか……」

「ええ……」

「ところで平四郎さん、おかよが待っていますよ」

新吾はいきなり踏み込んだ。

「おかよ……」

平四郎は激しく狼狽した。

「ええ。平四郎さんが旅から帰って来るのを首を長くしてね」

「そうですか……」

「おかよ、心の臓の発作を起こして担ぎ込まれましてね。大分良くなりましたが……」

「そうですか、それは良かった」

平四郎は、安堵を滲ませて嬉しげな笑みを浮かべた。

「正面から逢いに行っては如何ですか」

新吾は勧めた。

「神代さん、私の事、おかよは……」

「まだ、旅から帰って来ていないと思っています」

「でしたらそのままに……」

平四郎は、顔を苦しげに歪めた。

「何故です……」

新吾は眉をひそめた。

「神代さん、ここではなんです。どうぞ……」

平四郎は新吾を家作に誘った。新吾は、気を失ったままの梅次を担ぎ上げて続いた。

四

行燈の火が僅かに揺れた。

平四郎と新吾は、梅次を納戸に放り込んで向かい合った。

「神代さん、私が何処へ何しに行ったと思いますか……」

平四郎は、淋しげな笑みを浮かべた。

「さあ、分かりません」

新吾は、若者らしく素直に首を捻った。

平四郎は思わず笑った。

「何処へ何しに行ったんですか」

「川越にいる六歳になる男の子を勾引《かどわかし》に行ったんですよ」

平四郎は、罪の意識や昂《たかぶ》りを見せず淡々と告げた。

「勾引……」

新吾は、素っ頓狂な声をあげた。

「左様。頼まれましてね」

平四郎は苦笑した。

「そうですか、川越に子供を勾引に行ったのですか。それじゃあ、おかよに詳しく云えないはずですね」

新吾は、驚き、感心し、納得したかのように頷いた。

「ええ。如何に食い詰め、金が欲しかったとはいえ、引き受けた己が愚かに思えましてね」

「じゃあ勾引は……」

「元気な可愛い子でしてね。育ての親たちと楽しそうに暮らしていて。止めましたよ」

平四郎は己を恥じた。

「そりゃあ良かった。で、育ての親というと、その男の子は……」

「大身旗本の姫さまが、役者遊びをした挙句に産んだ子でしてね。乳母の川越の実家に預けられているんですよ」

平四郎は、居間の隅に置いてあった道中荷物から一枚の紙を出して開き、新吾に差し出した。紙には、鎺に五本骨扇の家紋を彫った短刀の絵が描かれていた。

万吉が持っていた絵と同じ物だった。

「何ですか、この絵は……」

「大身旗本の姫さまが産んだ子の証ですよ」

「成る程……」

大身旗本の姫さまは、己が腹を痛めた子に自分の護り刀を残したのだ。

「産んで棄てた子への、せめてもの詫びの印なんですかね」

新吾は眉をひそめた。

「そうかも知れぬが、無用な物だ」

平四郎は吐き棄てた。

「馬鹿な母親を持って可哀想な子だが、棄てられて却って幸せになれた」

「まったく……」

新吾は大きく頷いた。

「そんな子を強請りたかりの出しには出来ぬ」

平四郎は怒りを滲ませた。

「ほう。強請りたかりですか……」

「左様、その子の実の母親、大身旗本の姫さまの嫁入りが決まってな」

「五年前、密かに子を産んだ事を嫁ぎ先に知られたくなければ、金を出せですか」

「ま。そんなところですよ」

「それで、平四郎さんは嫌になって手を引いたというわけですか」

「ええ。ですが、万吉は私が裏切らないようにおかよを押さえていたのです。おかよを見殺しには出来ない。私は困り果てました。その時……」

「おかよは、心の臓の発作を起こし、養生所の入室患者になった」

「ええ。私がおかよの前に現れると、おかよに奴らの手が伸びる。私はそれを恐れて……。ですが、奴らも気付いたようです」

平四郎は、梅次を閉じ込めた納戸に眼をやり、小さく笑った。

「で、平四郎さん、おかよは……」

「おかよは、私の幼馴染みです」

「幼馴染み……」

「ええ。私の父とおかよの父は、親しい浪人仲間でしてね。私たちは子供心にいずれは夫婦になるんだと思っていました。ですが、いろいろありましてね……」

浪人の倅と娘、夫婦になるには金を始めとした様々な障害があったのだろう。

「おかよ、待っていますよ」

新吾は微笑んだ。

「今のままでは、待ち人来たらずですか……」

平四郎は淋しげに笑った。

行燈の油がなくなったのか、明かりは音を鳴らして小刻みに瞬《また》いた。

酒は五体に染み渡った。

新吾は、平四郎から聞いた話を半兵衛に語り終え、湯呑茶碗の酒を飲み干した。

「成る程、良く分かった。で、恵比寿屋の若い衆はどうした」

半兵衛は、新吾の湯呑茶碗に酒を満たした。

「畏れ入ります。奴は茅場町の大番屋に放り込んで置きました」

「そうか、良くやってくれた。明日、厳しく調べてみるよ」

半兵衛は、湯呑茶碗の酒を啜った。

「お願いします。ところで半兵衛さん、五本骨扇の紋所の大身旗本とは誰なのですかね」

「ああ。そいつはきっと留守居年寄の大河内出羽守さまだよ」

半兵衛は苦笑した。

「大河内出羽守さま……」

新吾は眉をひそめた。

「うん。五本骨扇の家紋の入った短刀。出羽守さまが姫さまが生まれた時、護り刀として作らせた物でね」

「そうでしたか……」

「ところで新吾、矢沢平四郎さん、佐藤涼一郎について何か云っていたかな」

「佐藤涼一郎……」

新吾は戸惑いを浮かべた。

「うん」

「そいつは誰ですか……」

「ほう、聞いていないのか」

「はい」

「三百石取りの旗本でね。どうやら万吉と連《つる》んで他人の弱味を握っては、強請りたかりを働いているようだ」

「へえ、そうなんですか……」

新吾は、半兵衛たちの探索に感心した。

「妙だな……」

半兵衛は眉をひそめた。

「何がです」

「う、うん。平四郎さんが佐藤涼一郎の事を云わなかったのがだよ」

「知らないんじゃありませんか」

「それはあるまい」

半兵衛は苦笑した。

「じゃあ、俺に知られたくなかった……」

「おそらくね……」

半兵衛は、矢沢平四郎の動きを読んだ。

矢沢平四郎は、佐藤涼一郎の命を狙っているのかも知れない。もし、そうだとしたなら、万吉を斬り棄てたのは矢沢平四郎なのだ。

「新吾、平四郎さんから眼を離すな」

半兵衛は、厳しい面持ちで酒を啜った。

「はい……」

新吾は頷いた。

松徳寺は朝靄に包まれていた。

新吾は、平四郎の住む家作を窺った。だが、家作に平四郎の気配はなかった。

新吾は、慌てて家作に入った。狭い家作の中は暗く沈んでおり、平四郎は勿論、人の気配の欠片もなかった。

矢沢平四郎は姿を消していた。

出し抜かれた……。

新吾は、己の迂闊さに苛立たずにはいられなかった。

矢沢平四郎は、佐藤涼一郎の許に行ったのかも知れない……。

新吾は、半兵衛に聞いた佐藤涼一郎の屋敷のある本郷に急いだ。

茅場町の大番屋には、日本橋川を行き交う船の櫓の軋みが響いていた。

半兵衛は、大番屋で口入屋『恵比寿屋』の若い衆・梅次を厳しく責めた。梅次は、殺された万吉が、旗本の佐藤涼一郎や『恵比寿屋』仙蔵と一緒に強請りたかりを働いていたのを白状した。

仙蔵は、大名旗本の屋敷に万吉たちを渡り中間として送り込み、その家を探らせて秘密や弱味を握っていたのだ。強請りたかりを掛けられた大名旗本家には、自害に追い込まれたり、詰腹を切らされた者もいた。

「強請られる方にもいろいろあるだろうが、他人の秘密や弱味を金にしようって魂胆が許せないね」

半兵衛は眉をひそめた。

「まったくです。本当に汚ねえ真似をしやがる。どうします」

半次は怒りを露わにした。

「恵比寿屋仙蔵、お縄にするしかあるまい」

「分かりました。鶴次郎を呼びます」

「うん。私は大久保さまに報せ、手の空いている同心を寄越して貰うよ」

半兵衛と半次は忙しく動き始めた。


浅草花川戸の口入屋『恵比寿屋』は、朝の人足周旋も終わり、静けさを取り戻していた。

半次と鶴次郎は、『恵比寿屋』の様子を探った。仙蔵は、五人の若い衆と『恵比寿屋』にいた。半次は、鶴次郎を見張りに残し、浅草広小路を横切って駒形堂《こまがたどう》に走った。

駒形堂には、半兵衛が定町廻り同心の風間《かざま》鉄之助《てつのすけ》や捕り方たちといた。

「どうだい」

「仙蔵の野郎、五人の若い者と一緒にいます」

「仙蔵を入れて六人か……」

「はい……」

「よし。風間、捕り方を率いて裏から踏み込んでくれ。私は、半次や鶴次郎と一緒に表から行く」

「心得ました。じゃあ……」

風間は、捕り方を率いて花川戸の『恵比寿屋』の裏手に走った。

「じゃあ、私たちも行くよ」

半兵衛は、半次を促して『恵比寿屋』に急いだ。

口入屋『恵比寿屋』の表と裏は、半兵衛と風間鉄之助たちによって固められた。

「変わりはないね」

「はい」

鶴次郎は頷いた。

「裏には風間が廻った。私たちは表から踏み込む」

半兵衛は、半次と鶴次郎を従えて『恵比寿屋』に向かった。

「邪魔するよ」

半兵衛は、半次や鶴次郎と『恵比寿屋』の店土間に踏み込んだ。帳場にいた若い衆が怪訝な眼で半兵衛たちを見た。

「仙蔵はいるね」

半兵衛たちは、土足で帳場にあがった。

「旦那……」

若い衆は眉を怒らせ、半兵衛の前に立ち塞がろうとした。

「退け」

半次は、若い衆を十手で殴り飛ばした。

若い衆は悲鳴をあげて倒れた。

半兵衛は居間に進んだ。

仙蔵と若い衆たちが身構えていた。

「恵比寿屋仙蔵だね……」

半兵衛は、長火鉢の傍に座っている仙蔵を見据えた。

「旦那は……」

仙蔵は、狡猾《こうかつ》な眼を半兵衛に向けた。

「北町奉行所臨時廻り同心の白縫半兵衛だ。一緒に来て貰うよ」

「白縫の旦那、あっしが何をしたと仰るんですかい」

仙蔵は、その眼から狡猾さを消した。

「仙蔵、お前が万吉や佐藤涼一郎と強請りたかりを働いているのは分かっているんだ」

半兵衛は苦笑した。

次の瞬間、仙蔵は長火鉢に掛かっていた鉄瓶をひっくり返した。湯は音を鳴らして湯気になり、灰神楽《はいかぐら》が舞い上がった。

仙蔵は、若い衆を半兵衛に突き飛ばし、居間から逃げた。若い衆たちは、脇差や匕首を抜いて半兵衛たちに襲い掛かってきた。

「旦那、仙蔵の野郎を……」

半次と鶴次郎は、若い衆たちに猛然と突っ込んだ。

半兵衛は仙蔵を追った。

同時に、裏口から風間鉄之助と捕り方たちが雪崩れ込んで来た。風間の十手は唸りをあげ、容赦なく若い衆の頬骨や手首の骨を叩き折った。若い衆は悲鳴をあげて転げ廻り、次々と捕縛されていった。

　半兵衛は仙蔵を追った。

　仙蔵は、脇差を振り廻して逃げた。半次と鶴次郎が、仙蔵の行く手に立ちはだかった。仙蔵は怯んだ。刹那、半兵衛の十手が仙蔵の首を鋭く打ち据えた、仙蔵は、苦しげに呻きながら崩れ落ちた。半次と鶴次郎が捕り縄を打った。

　口入屋『恵比寿屋』仙蔵と若い衆は捕らえられた。

「半兵衛さん……」

　風間が眉をひそめて近づいた。

「やあ。造作を掛けたね」

　半兵衛は、風間に礼を云った。

「いえ。それより裏庭の納屋に血の臭いがしますよ」

「なんだと……」

　半兵衛は眉をひそめた。

　暗い納屋には血の臭いが満ち溢れていた。

　半次と鶴次郎は、格子窓を開けた。

窓から差し込む日差しが、片隅にある血の滲んだ菰袋《こもぶくろ》を照らした。

半兵衛と風間は、菰袋の中を覗いた。菰袋の中には、浪人の松本健次郎と田中芳之助の惨殺死体が入っていた。

「酷いな……」

鶴次郎は眉をひそめた。

松本健次郎と田中芳之助は、全身を滅多刺しにされていた。おそらく不意を突かれ、刀を抜く間もなかったはずだ。

「何者ですかね……」

半次は、喉を鳴らして声を嗄らした。

「新吾に闇討ちを仕掛けて失敗した者たちだろう」

仙蔵と佐藤涼一郎は、松本と田中から自分たちに辿り着かれるのを恐れて殺した。そして、隅田川に投げ込む手筈だった。

半兵衛はそう読んだ。

「いずれにしろ仙蔵の仕業。こいつは強請りたかりどころじゃありませんよ」

風間は嘲りを浮かべた。

「うん」

半兵衛は頷いた。

湯島天神門前町の盛り場は、遅い朝を迎えていた。

佐藤涼一郎は、取り巻きの二人の浪人と酌婦と遊び、曖昧屋《あいまいや》を出た。そして、欠伸を噛み殺し、眩しげに空を見上げて本郷の屋敷に向かった。

曖昧屋の向かいの小さな居酒屋から浅吉が現れ、佐藤涼一郎と二人の浪人の後を尾行し始めた。

佐藤屋敷には、主の涼一郎の他に老下男夫婦が暮らしていた。

佐藤涼一郎と二人の浪人は、湯島天神裏の切り通しから本郷通りに進んだ。そして、本郷通りを横切り、武家屋敷街に入った。

本郷にある佐藤屋敷は表門を閉じ、静けさに包まれていた。

新吾は、佐藤屋敷の前に矢沢平四郎の姿を捜した。だが、平四郎の姿は何処にも見えなかった。

平四郎は来ていないのか……。

佐藤涼一郎を討たずに逐電《ちくでん》したのか……。

いや、そんなはずはない……。

佐藤涼一郎を討たない限り、平四郎とおかよは逆に付け狙われる。

平四郎は必ず何処かにいるのだ……。

新吾は焦り、人気のない武家屋敷街を見廻した。着流しの武士と二人の浪人が、本郷通りからやって来るのが見えた。

新吾は、咄嗟に路地に入った。

着流しの武士は、佐藤屋敷に向かって来た。

佐藤涼一郎だ……。

新吾は、着流しの武士が佐藤涼一郎だと気が付いた。

佐藤涼一郎は、二人の浪人を従えて表門脇の潜り戸を叩いた。

新吾は見守った。

「新吾さん……」

浅吉が路地の奥から現れた。

「浅吉……」

「着流し、佐藤涼一郎って旗本でしてね」

「うん。矢沢平四郎って浪人が命を狙っている……」

新吾と浅吉は、佐藤涼一郎たちを見守りながら互いに摑んだ事を交換した。

佐藤屋敷の潜り戸が軋みをあげて開いた。

「何をしている。遅いぞ」

佐藤は、苛立たしげに怒鳴り、潜り戸を潜った。そして、二人の浪人が続こうとした時、潜り戸が乱暴に閉められた。

二人の浪人は驚き、潜り戸を叩いた。

「おのれ……」

屋敷内から佐藤の怒声が響いた。

しまった……。

新吾は焦った。

矢沢平四郎は、佐藤屋敷の門内に潜んでいたのだ。

二人の浪人は、慌てて潜り戸を叩き、激しく体当たりをした。だが、潜り戸は開かなかった。

「どうします」

浅吉は眉をひそめた。

「う、うん」

新吾は焦った。
最早、矢沢平四郎を止める術はない。
刃が咬み合う音が屋敷から鋭く響いた。
二人の浪人は、潜り戸に体当たりをして必死に開けようとした。
男の絶叫があがった。
二人の浪人は凍てついた。
「新吾さん……」
浅吉は眉をひそめた。
「うん」
新吾は、喉を鳴らして頷いた。
佐藤屋敷の潜り戸が軋みをあげて開いた。
二人の浪人は、後退りをして身構えた。
潜り戸から佐藤涼一郎が現れた。
新吾は緊張した。
次の瞬間、佐藤は前のめりに倒れた。そして、矢沢平四郎が出て来た。
平四郎は、佐藤涼一郎を斬り棄てた。

二人の浪人は、飛び退いて刀を抜き払った。

「おぬしたちに用はない」

平四郎は、二人の浪人を一瞥して立ち去ろうとした。

「待て」

二人の浪人は、猛然と平四郎に斬り付けてきた。

平四郎は、飛び退いて躱した。

「佐藤涼一郎は死んだ。最早、義理立ては無用……」

平四郎は苦笑した。

「黙れ」

二人の浪人は、尚も平四郎に激しく斬り掛かってきた。平四郎は躱した。

「新吾さん」

「止《と》める」

新吾は飛び出した。

「止《や》めろ」

新吾は、駆け寄りながら叫んだ。

「神代さん……」

平四郎は戸惑った。

刹那、浪人の一人が背後から平四郎に斬り付けた。平四郎は、背中から血を飛ばして仰《の》け反《ぞ》った。そして、もう一人の浪人が平四郎の背に刀を突き刺した。

一瞬の出来事だった。

平四郎はよろめき、膝から崩れた。

「おのれ……」

新吾は、浪人の一人を抑えて投げ飛ばした。そして、驚くもう一人の浪人に抜き打ちの一太刀を放った。浪人は、太股を斬られて横倒しに倒れた。

浅吉は、投げ飛ばされて逃げようとしていた浪人を激しく蹴り上げた。浪人は、気を失って転がった。

「しっかりしろ、平四郎さん……」

新吾は、平四郎に駆け寄った。

「神代さん……」

平四郎は、淋しげに笑って苦しげに顔を歪めた。

「今、医者に連れて行く、気を確かに持つんです。浅吉……」

新吾は、浅吉の手を借りて平四郎を背負った。

「さあ、行きますよ」

新吾は平四郎を背負い、浅吉とともに医者を捜しに走った。

「平四郎さん、おかよが待っているんです。死んではなりません」

新吾は、背中の平四郎に云い聞かせた。

「お、おかよ……」

平四郎は微かに呟いた。

新吾は、平四郎を背負って走った。


矢沢平四郎は、医者の手当ての甲斐もなく絶命した。

新吾は、事の顚末を白縫半兵衛に詳しく報せた。

「良く分かった。後は引き受けたよ」

半兵衛は、万吉殺しと松本健次郎・田中芳之助殺しを強請りたかり一味の仲間割れとして始末した。そして、旗本・佐藤涼一郎の死は、浪人・矢沢平四郎との遺恨の果てによるものとした。口入屋『恵比寿屋』仙蔵は死罪となり、手下たちは遠島《えんとう》や永牢《えいろう》など厳しく仕置された。

三百石取りの旗本佐藤家は、家督を継ぐ者がいないとして断絶した。

養生所の庭には、病状の良くなった入室患者たちが足慣らしをしていた。

おかよの心の臓は大分良くなり、お鈴の介添えで足慣らしが出来るまでに回復した。

新吾は、矢沢平四郎の死をおかよに報せるかどうか、良哲に相談した。良哲は、おかよの心の臓の悪化を恐れ、報せるのに難色を示した。新吾は、良哲の判断に従っておかよに矢沢平四郎の死を隠した。

おかよは、矢沢平四郎の死を知らず、旅からの帰りを待って足慣らしに励んでいた。

新吾は見守った。

おかよは、眩しげに空を見上げて額に滲んだ汗を拭っていた。

待ち人来らず……。

新吾は、哀しげに呟いた。

おかよの〝待ち人〟は、もう永遠に来ないのだ。

庭に干されている洗濯物は、風に揺れて眩しく輝いた。

第三話

地蔵堂

一

朝、小石川養生所に十歳ほどの気を失った男の子が担ぎ込まれた。

肝煎りの小川良哲は、男の子の着物を脱がせた。男の子の身体には殴打された痕があり、その左腕の骨は折れていた。

良哲は眉をひそめた。

「お鈴、俊道《しゅんどう》先生と新吾を呼んで来てくれ」

「はい」

介抱人兼産婆見習いのお鈴は、慌てて良哲の診察室を出て行った。

良哲は、男の子の全身を調べた。

男の子の痩せた胸には肋骨が浮き出し、手足は土埃に汚れていた。

「どうしました」

外科医の大木俊道がやって来た。大柄でいかつい顔の俊道は、長崎で外科の修行をして来た蘭方医だ。

「俊道先生……」

良哲は男の子を示した。

「これはこれは……」

俊道は太い眉をひそめ、男の子の容態を診察し始めた。

「今のところ、命に別状はなさそうだが……」

俊道は安堵を浮かべた。

「ええ。左腕の骨は折れているようですがね」

良哲は告げた。

「うむ。こんな子供に酷い真似を……」

俊道は、腹立たしげに呟きながら手当てをし始めた。

「良哲、子供の怪我人だと」

北町奉行所養生所見廻り同心の神代新吾が、お鈴と共に入って来た。

「うん。見てくれ」

良哲は、俊道の診察する男の子を指し示した。新吾は、気を失っている男の子を見た。

「こいつは酷いな。俊道先生、どんな診立てですか」

「可哀想に殴ったり蹴られたりされた挙句、左腕の骨を折られている。何処のどいつの仕業か知らぬが、年端《としは》の行かない子供に酷《むご》い事をする奴だ」

「やったのは一人ですか」

「ああ、きっとね。お鈴、この子の手足を洗って焼酎で綺麗に拭いてくれ」

「はい……」

俊道とお鈴は、男の子の手当てを手際良く進めた。

「新吾、この子を担ぎ込んで来た者たちを待たせてある。逢ってみよう」

「心得た」

良哲と新吾は、男の子を担ぎ込んで来た者たちを見廻り役の部屋に呼んだ。

男の子を担ぎ込んで来たのは、小石川戸崎町の自身番の番人の金造《きんぞう》と近くの者たちだった。

「あの……」

金造たちは、良哲に心配げな眼を向けた。

「安心しろ。どうやら命は助かる」

良哲は微笑んだ。

「そうですか、良かった……」

金造たちは安心し、顔を見合わせた。

「先ずは、あの子の名前を教えて貰おう」

新吾は尋ねた。

「はい。あの子は峰吉《みねきち》と申しまして十歳になります」

金造は身を乗り出した。

「どうして、あんな大怪我をしたのか知っているかな」

「そいつは分かりません」

金造は、悔しげに他の者たちを見た。他の者たちは眉をひそめて頷いた。

「峰吉、どんな子なのだ」

「はい。峰吉は大工だった父親を亡くし、母親と妹を抱え、自身番や大店の雑用や使い走りをして日銭を稼いでいましてね。今日も何処かに雇われていたはずなんですが。竹松《たけまつ》さん……」

金造は隣の男を促した。

「えっ、ええ。あっしは荒物屋の竹松と申しまして、お稲荷さんの掃除に行ったら、お堂の裏に倒れていましてね、それで自身番に報せたわけでして……」

そして、峰吉は養生所に担ぎ込まれた。

「そうか……」

「大工だった父親を亡くしてから、悪い道にも入らず一生懸命に働く良い子でして……」

金造は哀しげに俯いた。

峰吉は町の者たちに可愛がられている。

放ってはおけない……。

新吾は、峰吉の一件を調べてみる事にした。

「よし。峰吉が倒れていたお稲荷さんに案内してくれ」

新吾は立ち上がった。

峰吉の倒れていた稲荷堂は、小石川戸崎町の片隅にあった。

新吾は、金造や発見者である荒物屋の竹松と稲荷堂の裏手に廻った。裏手の地面には争った跡が僅かに見受けられた。

「峰吉、どんな具合で倒れていたんだ」

新吾は竹松に尋ねた。

「へい。頭をお堂の陰に隠すようにして、足が見えました」

「その時、他に誰もいなかったんだな」

「へい」

竹松は、緊張した面持ちで頷いた。

「そうか……」

新吾は、お堂の裏一帯を調べた。だが、やった者に繋がるような物はなかった。

「よし。峰吉の家に案内してくれ」

新吾は、金造と一緒に峰吉の暮らす長屋に向かった。峰吉の暮らす長屋は、無量山傳通院《でんづういん》の裏手に流れる小石川大下水《おおげすい》の傍にあった。

新吾と金造は、古い長屋の木戸を潜って峰吉の家の腰高障子を叩いた。

「はい……」

家の中から女の子の声がした。

「自身番の金造だが、およしさんはいるかい」

金造は腰高障子を開けた。

狭い家の中には、粗末な蒲団が無造作に積まれ、余り綺麗だとはいえなかった。

その中で八歳ほどの女の子が一人、器用な手つきで風車を作っていた。風車はどうやら母親およしの内職のようだった。

「おお、おくみちゃん、おっ母さん、いないのかい」

「うん……」

おくみは、風車を造りながら淋しげに頷いた。

「何処に行ったんだい」

「昨夜、仕事に行ったままです」

おくみは、固い面持ちで風車を作り続けた。

「金造、母親、何の仕事をしているのだ」

新吾は囁いた。

「へい。傳通院門前の白壁町《しらかべちょう》にある居酒屋で働いております」

金造は、おくみを一瞥して声をひそめた。

酌婦か……。

新吾は頷いた。おくみは、悔しげに新吾を見た。

おくみは、母親がどんな仕事をしているのか知っている……。

新吾は、おくみの淋しさと哀しさ、そして悔しさが良く分かった。

「おくみ、兄ちゃんの峰吉、大怪我をしてな」

新吾は告げた。

「兄ちゃんが大怪我……」

おくみは驚いた。

「うん。それで、金造たちが養生所に担ぎ込んでな。さあ、俺と一緒に養生所に行こう」

新吾はおくみを促した。

「うん……」

おくみは、今にも泣き出しそうな顔をして立ち上がった。

出来上がっていた風車が廻った。

養生所は通いの患者たちで溢れていた。

診察代や薬代が無料の養生所は、生活に苦しい者たちにとって病と闘う最後の砦《とりで》といえた。

新吾は、おくみを連れて養生所に戻った。

峰吉の手当ては終わっていたが、意識は失ったままだった。

「兄ちゃん……」

おくみは、峰吉の枕元に座ってすすり泣いた。

「新吾さん……」

お鈴が、新吾に大木俊道が呼んでいると云って来た。

「そうか……」

新吾は、おくみを残して俊道の診察室に向かった。

俊道は、患者の診察の合間に新吾に逢った。

「どうでした……」

「うん。幸いな事に、怪我は多いが、五臓六腑を痛めているようなものはなかった。ま、左腕の骨折はひと月もすれば治るだろう」

「そりゃあ良かった」

「それより新吾さん。峰吉の怪我だが、古いものもあってな」

「古いもの……」

新吾は戸惑った。

「ああ」

俊道は眉をひそめた。

「どういう事ですか……」

新吾の戸惑いは募った。

「峰吉は、以前にも何者かに乱暴をされていた」

俊道はそう読んだ。

「だとすると……」

新吾は思いを巡らせた。

「俊道先生……」

お鈴が入って来た。

「峰吉ちゃんが気が付きました」

「そうか……」

俊道は、安心したように小さく笑って立ち上がった。新吾が続いた。

峰吉は、焦点の定まらない眼で天井を見上げていた。

おくみは、緊張した面持ちに微かな怯えを過《よ》ぎらせた。

「やあ。気が付いたか……」

俊道は、峰吉の様子を診た。

新吾、お鈴、おくみは見守った。

「うん。大丈夫だ。峰吉、左腕は骨が折れているから動かしてはならぬ。骨がつくまでここにいるがよい」

俊道は、峰吉に云い聞かせた。

「はい……」

峰吉は頷いた。

「新吾さん……」

「はい」

俊道は新吾を促した。

「峰吉、私は北町奉行所養生所見廻り同心の神代新吾だ」

峰吉は頷いた。

「お前をこんな目に遭わせたのは誰だ」

「それは……」

峰吉は、新吾から視線を逸らした。

「お縄にして厳しく仕置してくれる。どんな奴だった」

「それは……」

峰吉は困惑を滲ませた。

「はい。知らない人足が、おいらをいきなりお堂の裏に連れ込んだんです」

峰吉は、天井を見つめて思い出すように告げた。

「人足か……」

新吾は身を乗り出した。

「うん……」

「何歳ぐらいのどんな人足だ」

「三十歳ぐらいで、酒臭い人足……」

「どんな顔をしていた」

「無精髭を生やしていて……」

「背は高いか低いか、肥っていたか痩せていたか……」

「普通だと思う……」

「じゃあ、印半纏《しるしばんてん》を着ていたとか、目立つ処はなかったか」

「額に黒子《ほくろ》が……」

峰吉は、疲れたように目を瞑《つぶ》った。目尻から涙が頰を伝った。

「兄ちゃん……」

「知らない奴か……」

おくみは、心配げに峰吉を見つめた。

「新吾さん……」

俊道は、眉をひそめて首を横に振った。

潮時なのだ……。

「峰吉、他に何か思い出したら俊道先生かお鈴に報せてくれ。じゃあな」

新吾は、俊道やお鈴と一緒に病人部屋を出た。

峰吉とおくみは、三人を黙って見送った。


三十歳ぐらいで無精髭を生やし、酒臭い、額に黒子のある人足……。

「必ず見つけてお縄にしてくれる」

新吾は、自身番の金造や荒物屋の竹松に訊いてみようと養生所を出た。

俊道が新吾を見送りながらお鈴に云った。

「峰吉とおくみ、出来るだけ目を離さないようにな」

「俊道先生……」

お鈴は戸惑いを浮かべた。

「峰吉とおくみは、きっと何かを隠しているはずだ」

俊道は眉をひそめた。

「小石川戸崎町は寺に囲まれている。

「無精髭を生やした三十歳ぐらいの人足ですか……」

自身番の金造は眉をひそめた。

「うん。額に黒子のある酒臭い奴だ。見掛けた覚えはないか……」

新吾は、金造と荒物屋の竹松に訊いた。

「さあ。この辺りには荷揚場も問屋場《とんやば》もないし……」

竹松は首を捻った。

「板橋の問屋場の人足ってことはないかな」

板橋宿は中仙道の宿駅であり、小石川にも近くて問屋場もある。

「さあ、どうですかねえ。とにかく、朝から酔っ払っている人足、この辺りじゃあ余り見かけませんよ」

「そうか……」

新吾は、出鼻を挫かれて僅かに落胆した。

金造と竹松は、気の毒そうに顔を見合わせている。

「だが、峰吉はそんな風体の人足にやられたと云っているんだ。気にしていてくれ」

若い新吾は立ち直りも早い。

「そりゃあもう……」

金造と竹松は頷いた。

「それで、峰吉とおくみの母親、およしだったかな」

「はい……」

「まだ、長屋に戻っていないのか」

「ええ。半刻ほど前、長屋を覗いた時にはまだ……」

「戻っていなかったか……」

「はい。それから神代さま……」

金造は、思い切ったように新吾を見つめた。

「なんだい……」

「さっきは、おくみが一緒だったので云わなかったのですが。およしさん、五年前に亭主の佐吉さんが病で死んでから、料理屋の仲居や女中などをして暮らしを立てているんですがね。近頃は男に入れあげていましてね」

金造は吐息混じりに告げた。

竹松が頷いた。

「どんな男ですか……」

「そいつが一人や二人じゃあないのです」

「一人や二人じゃあない……」

新吾は素っ頓狂な声をあげた。

「ええ……」

「可哀想なのは峰吉とおくみですよ」

竹松は、峰吉とおくみを哀れんだ。

「そうか……」

新吾は呆れた。

「何とかなりませんかね……」

「うん……」

新吾は困惑した。

小石川大下水裏の古い長屋には赤ん坊の泣き声が響いていた。

新吾は、およしの家の腰高障子を叩いて声を掛けた。だが、家の中からおよしの返事はなかった。

「まだ帰っていないか……」

新吾は吐息を洩らし、踵を返した。

中年の女が、眉をひそめて佇んでいた。

「あの、うちに何か……」

中年の女は、中途半端な派手さの着物をまとい、それなりに化粧をしていた。だが、それらは安っぽいだけでしかなかった。

「およしか……」

新吾は厳しく尋ねた。

「は、はい……」

およしは怯えを滲ませた。

風が吹き抜け、裏の小石川大下水の臭いが微かに漂った。

「私は北町奉行所の養生所見廻り同心の神代新吾だ。昨夜から何処に行っていたんだ」

新吾は、苛立たしげに問い質した。

「そ、それは……」

およしは、怯えたように言葉を濁した。

「まあ、いい。峰吉が大怪我をして養生所にいる」

「峰吉が怪我を……」

およしは愕然とし、血相を変えた。

「そうだ。おくみも行っている。お前も早く養生所に行くんだ」

「はい」

およしは、新吾に促されて養生所に向かった。着物の裾が割れ、白い脹脛《ふくらはぎ》が露わになった。だが、およしは構わず養生所に急いだ。額に汗を滲ませ、解《ほつ》れ髪を振り乱して急いだ、その姿は、子供の身を心配する母親でしかなかった。

新吾は、およしが男に入れあげているとは思えなかった。

二

養生所の庭には洗濯物が揺れていた。

およしは、お鈴に案内されて病人部屋に急いだ。新吾は続いた。

「峰吉……」

およしは、激しく息を鳴らした。

「おっ母ちゃん」

おくみは、駆け付けて来たおよしに抱き付いた。およしはおくみを抱いた。

「大丈夫かい、峰吉……」

およしは、おくみを抱いたまま峰吉の枕元に座り込んだ。

「おっ母ちゃん……」

峰吉は嬉しげに笑った。

「ごめんね。おっ母ちゃん、いなくてごめんね」

およしは、峰吉に詫びて啜り泣いた。

「おっ母ちゃん、おいらは大丈夫だよ」

峰吉は、およしを逆に慰めた。だが、およしの啜り泣きは続いた。おくみも誘われたように泣き出した。

「泣かないで、おっ母ちゃん。おっ母ちゃんが泣くと、おくみも泣くから泣かないで……」

母を気遣う峰吉の声は湿った。

お鈴は貰い泣きをし、新吾は盛大に鼻水を啜った。

新吾は、落ち着いたおよしを大木俊道の診察室に連れて行った。

「峰吉がお世話になり、ありがとうございました。ご挨拶が遅れて申し訳ございませんでした」

およしは、俊道に深々と頭を下げた。

「いや。気にする事はない。そうか、お前さんが峰吉とおくみのおっ母さんか……」

大木俊道はおよしを見据えた。

およしは微かに怯んだ。

「おっ母さん、峰吉に怪我を負わせた者が誰か、心当たりはあるか」

「いいえ……」

およしは、慌てて首を横に振った。

「本当だな」

俊道は念を押した。

「は、はい……」

およしは、俯き加減で頷いた。

「およし。峰吉は今日、自分に乱暴を働いたのを三十歳ぐらいの人足だと云っている」

新吾は尋ねた。

およしは、戸惑いを浮かべた。

「三十歳ぐらいの人足……」

「うん……」

「あの、峰吉がそう云っているんですか……」

およしは戸惑いに揺れた。

「そうだ。覚えはないかな」

「は、はい……」

およしは、困惑した面持ちで短く答えた。

「そうか……」

新吾は、人足の姿が浮かばず、苛立たずにはいられなかった。

長い一日が終わり、夕暮れ時が訪れた。

およしは峰吉の世話をし、おくみを連れて戸崎町の長屋に帰って行った。

峰吉は、母親が帰って来たのに安心したのか、夕食を食べ終えてすぐに眠りについた。

峰吉を痛めつけた人足を捕まえてやる……。

新吾は養生所を出た。

「新吾さん……」

養生所の門前に浅吉がいた。

「やあ。浅吉か……」

「どうです一杯、新吾さんと飲みたくてね……」

「丁度いい。付き合ってくれ」

新吾は、小石川戸崎町に向かった。

「何処か行く処があるんですかい」

浅吉は、怪訝な面持ちで尋ねた。

「うん。実はな……」

新吾は、峰吉の一件を浅吉に話して聞かせた。

「それで、峰吉を痛めつけた人足を捜そうってのかい」

「うん。戸崎町の飲み屋を虱潰《しらみ》しに当たってみるつもりだ」

新吾は意気込んでいた。

「分かった。付き合うぜ」

浅吉は苦笑した。

新吾と浅吉は、夜道を小石川戸崎町に向かった。

小石川戸崎町の盛り場は小さく、飲み屋はそれ程なかった。

三十歳ぐらいで無精髭を生やした、額に黒子のある人足……。

新吾と浅吉は、戸崎町の飲み屋に峰吉を痛めつけた人足を捜し廻った。しかし、それらしき人足はいなく、知っている者もいなかった。

新吾と浅吉は、小さな居酒屋に落ち着いて酒を酌み交わした。

酒は、歩き廻った五体の隅々に染み渡った。

「美味い……」

新吾は吐息を洩らした。

「新吾さん、峰吉を痛めつけたの、本当に人足なのかな」

浅吉は手酌で酒を飲んだ。

「そりゃあそうだろう。やられた峰吉がそう云っているんだから……」

「そいつが嘘だったらどうする」

浅吉は小さく笑った。

「嘘……」

新吾は戸惑った。

「ああ……」

「浅吉、峰吉がどうして嘘をつかなければならないんだ」

新吾は眉をひそめた。

「そいつは分からないが……」

浅吉は酒を飲んだ。

「考え過ぎだ」

新吾は、苦笑しながら手酌で酒を飲んだ。

「だったらいいがな。おっ母さん、名前はおよしで小石川白壁町の居酒屋で酌婦をしているんだな」

浅吉は尋ねた。

「うん。いろいろ男出入りがあるようだ」

「そうか……」

新吾と浅吉は、手酌で酒を飲み続けた。

「辛いな……」

浅吉は微かに呟いた。

峰吉の怪我は日に日に良くなった。

だが、三十歳ぐらいの無精髭の人足は見つからなかった。

新吾は、戸崎町の自身番の金造や荒物屋の竹松たちに聞いて廻った。金造と竹松も、捜している人足を見掛けたり、知っている者を見つける事はなかった。

峰吉に乱暴を働いた人足の見つからない日々が続いた。

新吾は、己の不甲斐なさに呆れ、悔しがり、苛立った。


小石川白壁町の盛り場は賑わっていた。

浅吉は、およしが酌婦として働いている居酒屋を突き止めた。

居酒屋『極楽亭』は、およしを始めとした四人の酌婦を雇い、職人や遊び人たち雑多な客で賑わっていた。

浅吉は、酒を飲みながら『極楽亭』の雰囲気とおよしの様子を窺った。若い酌婦たちは、しどけなく着物をはだけて客たちと賑やかに酒を飲んでいた。年増の

　およしは、白塗りをして忙しく酒や肴を運んでいた。そして、酔った客にからかわれ、着物の裾を捲られて嬌声をあげていた。そこには、客が中々つかない年増の悲哀があった。

　およしに職人の客がついた。

　職人の客は、およしの肩を抱いて酒を飲み、胸元に手を入れて乳房を弄んだ。

　およしは顔を歪めながらも懸命に相手をしていた。それは、ようやくついた客を逃がす事の出来ないおよしの必死な姿だった。

　浅吉は密かに哀れんだ。

　およしは、酒を飲んで酔っていく。

　酌婦などは、酔わなければ出来ない仕事なのかもしれない。

　浅吉は、およしの男が来るのを待った。だが、それらしき男は現れなかった。

　およしは、職人の客にしなだれ掛かり、嬉しげに酒を飲んでいた。

　およしは、次第に母親から生身の女になっていく……。

　浅吉は、およしの愚かさと哀しさに同情せずにはいられなかった。

　およしの男が現れる様子はない……。

　居酒屋『極楽亭』は、客と酌婦の淫靡《いんび》な笑いと安酒の臭いに満ち溢れていく。

浅吉は、安酒を残して『極楽亭』を出た。

夜風の冷たさは、浅吉の身体にまつわり付いた嫌な臭いを吹き消してくれた。

「おう。おくみ坊……」

下男の宇平は、養生所の門を潜って来たおくみに声を掛けた。

「今日は、宇平さん……」

おくみは暗い顔で頭を下げ、重い足取りで養生所に入って行った。

宇平は、おくみを怪訝そうに見送った。

新吾は、賄所の品物の出入りを確かめ、足らなくなった物の購入書を作っていた。

「神代さま……」

下男の宇平が、役人部屋の庭先にやって来た。

「なんだい」

新吾は、購入書を書き続けた。

「へい。おくみ坊の様子が、どうにもおかしいんですよ」

宇平は眉をひそめた。

「おくみ……」

新吾は筆を置いた。

「おかしいって、どうおかしいんだい」

「峰吉の怪我も大分良くなって元気だったんですが、今日は暗い顔をして、妙に元気がないんですよ」

宇平は心配した。

「おっ母さんのおよしはどうした」

「今日も来ちゃあいませんよ」

およしは、峰吉の怪我が回復するのと比例するように姿を見せなくなっていた。

「そうか……」

新吾は眉をひそめた。

病人部屋に峰吉とおくみはいなかった。

新吾は庭に向かった。

峰吉とおくみは、庭の隅の木洩れ日に包まれていた。

「やあ、ここにいたか」

新吾は声を掛けた。

峰吉は咄嗟に笑みを浮かべ、おくみは慌てて涙を拭った。峰吉の強張った笑みには、怒りの残滓《ざんし》があった。それは、おくみが何事かを峰吉に訴えた証なのだ。

「どうした」

「別に。なあ、おくみ……」

峰吉は笑った。

「うん」

おくみは、涙の跡のある顔で大きく頷いた。

風が吹き抜け、峰吉とおくみを覆う木洩れ日が揺れた。

二人は何かを隠している……。

新吾は気付いた。

「そうか。それならいいけどな」

新吾は微笑んだ。

峰吉とおくみの兄妹は、幼いながらも懸命に考え、自分たちで何とかしようとしている。

新吾は、二人の健気さに感心した。
陽は雲に遮られ、峰吉とおくみを包んでいた木洩れ日は消えた。

小石川戸崎町の古い長屋は静寂に包まれていた。
新吾は、およしの家の様子を窺った。
およしの家から酒の匂いが漂い、およしと男の小さな笑い声が聞こえた。
およしの男が来ている……。
おくみは、それを兄の峰吉に泣きながら訴えていたのかも知れない。
新吾は、木戸口に潜んで男が出て来るのを待つ事にした。
小半刻《こはんとき》が過ぎた。
派手な半纏をまとった若い男が、およしの家から出て来た。
およしの男だ……。
新吾は見届けた。
背の高い痩せた若い男は、薄笑いを浮かべてさっさと木戸に向かって来た。
新吾は後を追い、若い男の素姓を調べようと決めていた。
若い男が木戸を潜って長屋を出た時、およしが家から出て来た。

新吾は咄嗟に隠れた。およしは、派手な半纏をまとった若い男を小走りに追った。

新吾は、若い男とおよしの後を追った。

派手な半纏をまとった若い男は、背後から来るおよしを一瞥した。だが、待つ事もなく歩き続けた。およしは息を鳴らし、僅かに遅れて若い男の背後に続いた。

新吾は追った。

男は、裏通りから表通りに出たところで立ち止って振り返った。

およしは、慌てて駆け寄った。

若い男は、およしに何事かを囁いた。およしは、若い小娘のように嬉しげに頷いた。そして、若い男はおよしを残して小走りに立ち去った。

新吾は、見送るおよしを迂回して派手な半纏の若い男を追った。

男は、御殿坂《ごてんざか》を抜けて白山権現に向かっていた。

新吾は尾行した。

白山権現の伽藍《がらん》が見えた。

派手な半纏の若い男は、白山権現門前町の茶店の裏手に入って行った。

新吾は、物陰から茶店を窺った。

縁台に腰掛けていた浅吉が、茶を飲みながら新吾に笑い掛けた。

浅吉……。

新吾は驚いた。

浅吉は、茶店の老婆に茶代を渡して新吾の許にやって来た。

「やあ、新吾さん……」

浅吉は苦笑した。

「浅吉……」

新吾は戸惑った。

「何をしているんだ」

「新吾さんと同じだぜ」

浅吉は茶店の裏手を示した。

「およしの男か……」

「ああ。ちょいと気になってね。およしの身の周りを調べたら浮かびやがった」

浅吉は嘲りを浮かべた。

「名前、分かるか……」

「丈八《じょうはち》……」

「丈八。どんな奴だ」

「この茶店の裏の納屋を借りて暮らしていてね。博奕に女衒《ぜげん》の真似事、半端な遊び人ってところだ」

浅吉は、すでに丈八の素姓を調べていた。

「そんな奴か……」

新吾は眉をひそめた。

「ああ」

「およし、いい歳をして、どうして……」

新吾は苛立った。

「新吾さん、男と女だ。惚れちまえば、いい歳もなにもねえ」

「しかし、峰吉とおくみの母親なんだぞ」

「確かにそうだが、およしだって母親の前に女だぜ」

「女……」

新吾は困惑した。

「ああ。立派な女だ。男と遊んだって罰は当たらねえ。違うかい」

浅吉は、憮然とした面持ちで云い放った。

新吾は言葉を失った。そして、頷くしかなかった。

「だが、そいつも丈八のこれからの出方次第だ」

「浅吉……」

「許せねえ真似をしたら只じゃあ置かねえ」

浅吉は、茶店の裏手を暗い目で睨み付けた。

「許せない真似か……」

「ああ……」

浅吉の云う〝許せない真似〟が、具体的に何を指すのかは分からない。だが、その暗い目の奥に殺意が過ぎったのを新吾は見た。

新吾は、丈八を浅吉に任せて養生所に戻った。

養生所は通いの患者も途絶え、静けさが漂っていた。

新吾は門を潜った。

「新吾さん……」

「神代さま」

お鈴と宇平が駆け寄って来た。

「どうした……」

新吾は戸惑った。

「峰吉ちゃんがいないんです」

お鈴は声を震わせた。

「おくみ坊といつの間にか……」

宇平は心配に顔を歪めて告げた。

峰吉とおくみが、養生所からいなくなった。

新吾は、養生所を飛び出した。

新吾は、小石川戸崎町小石川大下水裏の長屋の木戸を潜り、およしの家の腰高障子を叩いた。

「およし、養生所の神代だ。およし……」

新吾は、腰高障子を叩きながらおよしの名を呼んだ。

腰高障子が開き、晒し布で左腕を吊った峰吉が顔を出した。

「峰吉……」

新吾は安心した。

「おくみも一緒か……」

「うん……」

峰吉は、申し訳なさそうに頷いた。

「そうか。良かった……」

新吾は、思わず微笑んだ。

「ごめんなさい、新吾さま……」

峰吉は頭を下げて詫びた。

「いや。詫びる事はない。詫びる事はないが、俊道先生とお鈴や宇平が心配している。どうして養生所を出て来たのか教えちゃあくれないかな」

新吾は頼んだ。

「はい。おくみ……」

峰吉は頷き、家の奥にいるおくみを呼んだ。おくみが現れ、新吾に恥ずかしそうに頭を下げた。

「やあ、おくみ。心配したぞ」

おくみは項垂れた。

峰吉とおくみは、自分たちが新吾を始めとした養生所の人たちに心配を掛けたのを充分に心得ていた。

「おくみも一緒においで」

「うん」

峰吉とおくみは家から出て来た。

「おっ母さんはいないのか……」

新吾は眉をひそめた。

「出掛けています」

峰吉は母親の事に触れず、おくみの手を引いて長屋を出た。

新吾は続いた。

三

微風は地蔵堂の柳を揺らしていた。

「さあて、峰吉。どうして養生所を出て来たのか聞かせて貰おうか」

新吾は静かに尋ねた。

「うん……」

峰吉は、俯いたまま頷いた。

「おっ母ちゃん、時々変な奴をうちに連れて来てお酒を飲んで……」

峰吉は、悔しさと哀しさに言葉を詰まらせた。

〝変な奴〟とは、丈八の事なのだ。

「夜になると、おくみに外に行けって……」

おくみは啜り泣いた。

「だから、おいらうちに帰って来たんだ」

峰吉は声を震わせた。

およしと丈八は家で酒を飲み、おくみを家の外に出して情を交わしているのだ。

おくみは、それを峰吉に訴えた。だから、峰吉は家に帰る事にしたのだろう。

「そうだったのか……」

新吾は、峰吉とおくみ兄妹に同情した。

「その変な奴、家に連れて来ないでくれって、おっ母さんに頼んでみたらどうだ」

「頼んだよ。今までに何度も何度も頼んだよ。でも、おっ母ちゃんが連れて来ないって約束してくれても、丈八は来るんだ」

峰吉は昂り、思わず丈八の名を出した。

「へらへら笑いながらやって来るんだ、そうしたらおっ母ちゃん、我慢してくれって泣いて……」

峰吉は、悔しさに啜り泣いた。

およしは、子供の峰吉、おくみと情夫である丈八の狭間《はざま》で思い悩み、激しく揺れ動いた。そして、子供たちを我慢させ、情夫を選んだ。およしは、母としてより女としての自分をさらけ出していた。

峰吉とおくみは、子供心にそうした母親の哀しさを敏感に感じていた。

「だから、おいらうちに帰ってきたんだ」

十歳の峰吉が家に帰ったから、丈八が来ないわけではない。丈八は、峰吉がいる時から来ていたのだ。だが、峰吉は妹のおくみを一人残してはおけなかった。

新吾は、峰吉の気持ちが良く分かった。

「どうだ峰吉、家にいて丈八が来たら、何が起こるか分からない。だから、養生所に戻るがいい」

新吾は決めた。

「でも、おくみを家に残しては……」

峰吉は躊躇《ためら》った。

「だから、おくみも一緒に養生所に泊まるんだ」

「おくみも……」

峰吉は戸惑いを浮かべた。

「うん。お鈴たちの女介抱人の部屋に泊めて貰えるよう、俺がみんなに頼んでやる」

「本当ですか……」

「うん。おくみ、そうすれば兄ちゃんと一緒だぞ」

「兄ちゃん……」

おくみは、嬉しげに峰吉を見上げた。

「良かったな。おくみ」

峰吉とおくみは、顔を輝かせて喜んだ。

二人きりの幼い兄妹は、一緒にいられるだけで顔を輝かせて喜んだ。

新吾は、地蔵堂に吹き抜ける微風が心地良かった。

夕暮れ時が訪れた。

白山権現門前町の茶店の納屋を出た丈八は、本郷通りを横切り、四軒寺町《しけんてらまち》から団子坂を抜けて千駄木に出た。

浅吉は尾行した。

丈八は、千駄木から谷中に入り、天王寺傍の真宝寺の裏門を潜った。

賭場か……。

浅吉は苦笑した。

真宝寺の家作では、谷中の博奕打ち根津の八兵衛が賭場を開いており、浅吉も時々訪れた事があった。

丈八は、真宝寺の本堂裏の家作に向かった。家作の前では、根津一家の若い衆が見張りに立ち、訪れる客を調べていた。丈八は、若い衆に声を掛けた。若い衆の持つ龕灯《がんどう》が、丈八の顔に向けられた。

寺は寺社奉行の支配下にあり、町奉行所の役人たちに手出しは出来ない。そして、寺社奉行は、滅多に賭場の手入れなどはしない。博奕打ちはそれを良い事に寺の家作で賭場を開帳した。そして、家作の借り賃を寺銭と称し、寺に払っていた。

浅吉は、丈八が家作に入ったのを見届けて、見張りの若い衆に声を掛けた。

「どなたですかい」

根津一家の若い衆が、龕灯を向けて厳しく誰何《すいか》した。

「久し振りだな。手妻の浅吉だぜ」

浅吉は苦笑した。

「こりゃあ浅吉の兄い、お久し振りで……」

若い衆は、慌てて浅吉の顔から龕灯を外した。

「ああ。遊ばせて貰うぜ」

「へい。ごゆっくり、どうぞ」

浅吉は家作に入った。


開帳されたばかりの賭場は、煙草の紫煙がゆったりと立ち昇っていた。

浅吉は、胴元に挨拶をした。

「今夜は遊ばせて戴きますぜ」

「こりゃあ手妻の。ま、お手柔らかに頼むよ」

胴元は、愛想良く浅吉を迎えた。

浅吉は、博奕打ちの間では名の知れた男だ。

「はい。じゃあよろしく……」

浅吉は金を駒札《こまふだ》に替え、盆茣蓙《ぼんござ》の前に座って壺振りに目礼した。壺振りは、微かな笑みを浮かべて頷いた。

浅吉は、盆茣蓙を囲んでいる客を素早く見廻した。

丈八は、盆茣蓙の真ん中に座り、勢い込んで駒札を張っていた。

浅吉は苦笑した。

煙草の紫煙は乱れ、賭場は次第に熱気を帯びて来た。

半刻が過ぎた。

賭場は客たちの熱気と汗に満ち溢れた。

浅吉は、勝ち負けをほどほどにして盆茣蓙を離れ、次の間で酒を飲みながら丈八を見守った。

丈八は、負けが込んで熱くなっていた。

浅吉は嘲りを浮かべた。

丈八の博奕は、丁の目が出れば次に丁に張り、半の目が出れば次に半に張る単純なものだった。そして、負けが続けば意地になるだけで、流れを変えようとする努力や引き時を考える余裕はなかった。

馬鹿な野郎だ……。

浅吉は呆れた。

丈八は負け続け、駒を借り始めた。

世話役の若い衆が、使った湯呑茶碗などを片付け、新しい酒を持って来た。

「野郎、随分熱くなっているな」

浅吉は丈八を示した。

「丈八の野郎ですかい」

「ああ」

「いつもの事ですぜ」

世話役の若い衆は苦笑した。

「でも、あれじゃあな」

「ええ。往生際の悪い奴でしてね。来る度に負けて借金だらけですよ」

「あるのかい借金……」

浅吉の目が微かに光った。

「そりゃあもう……」

丈八はまた負け、胴元に駒を借りに行った。

胴元は、眉をひそめて断った。それは、浅吉が見ても潮時であり、妥当な話だ。

しかし、丈八はしつこく借金を頼んだ。

「ど素人が、聞き分けのねえ野郎だ」

世話役の若い衆は、苛立たしげな面持ちで胴元の許に行った。

浅吉は酒を啜った。

丈八は、胴元に必死に食い下がっていた。

胴元は怒りを浮かべ、集まった若い衆を鋭く一瞥した。若い衆たちは頷き、丈八を左右から抱え上げた。

「何をしやがる。放せ、馬鹿野郎」

丈八は抗った。

盆茣蓙の客たちが、眉をひそめてざわついた。

「いい加減にしろ」

胴元は、丈八の頬に鋭い平手打ちを与えた。

鋭い音が短く鳴った。

賭場は凍てつき、丈八は我に返った。

「おい」

胴元は、若い衆に丈八を連れ出すように命じた。若い衆は、丈八を外に引きずり出して行った。

「お騒がせ致しまして申し訳ありません。さあ、お楽しみください」

胴元は客たちに詫びた。

賭場に和やかさと賑わいが戻った。

胴元は賭場の様子を見届け、丈八を追って外に向かった。

浅吉は密かに続いた。


真宝寺の裏庭は暗かった。

丈八は、若い衆に取り囲まれて恐怖に震え出していた。

「悪かった。俺が悪かった。この通り謝る。だから帰らせてくれ」

丈八は謝り、立ち去ろうとした。だが、若い衆は許さなかった。

「賭場を騒がせて、只で済まねえんだよ」

胴元がやって来た。

「申し訳ありません。この通りです。勘弁してくだせえ」

丈八は、土下座して声を震わせて詫びた。胴元は、いきなり丈八の顔を蹴り上げた。丈八は、短い悲鳴をあげて仰向けに倒れた。鼻と口から血が流れた。若い衆が、丈八を取り囲んで次々と蹴り飛ばした。丈八は頭を抱え、身体を縮ませて転げ廻った。

「丈八……」

胴元は、血と土にまみれた丈八を冷たく見据えた。

「へ、へい……」

「こいつを見な」

胴元は、数枚の証文を丈八に突き付けた。

「お前が、今まで博奕に負けて作った借金の二十両の証文だ」

丈八は、震えながら頷いた。

「こいつを、明後日までに耳を揃えて返して貰うぜ」

「明後日……」

「ああ。さもなければ命はねえ」

胴元は静かに告げた。丈八は、静かさの裏に潜んでいる冷酷さを知っていた。

「明後日までに二十両なんて出来っこねえ。許して下さい。どうか、勘弁して下さい」

丈八は、泣いて頼んだ。

「馬鹿野郎が……」

胴元は、縋《すが》る丈八に唾を吐き掛けて賭場に戻って行った。若い衆は、丈八を担ぎ上げて裏門から外に放り出した。

丈八は、地面に無様に転がった。若い衆は嘲笑を浴びせて賭場に戻った。丈八は両手をついて半身を起こし、啜り泣いている。

浅吉は、木陰に潜んで冷たく見守った。


木洩れ日は眩しく煌《きら》めいた。

朝の養生所は通いの患者で忙しい。

峰吉とおくみは、お鈴や宇平たちの仕事を手伝っていた。

「馬鹿な奴だ……」

新吾は吐き棄てた。

「まったくだぜ」

浅吉は嘲笑った。

「博奕で作った二十両の借金か……」

「出来やしねえさ」

「じゃあ、逃げるだけか」

「追手はすぐに掛かる。逃げ廻っても無駄だな」

浅吉は、嘲笑の中に冷酷さを過ぎらせた。

「丈八、今、どうしているのかな」

「まだ茶店の納屋にいるはずだが。これから行って、どうするか見物させて貰うぜ」

「そうか……」

「それから新吾さん、峰吉に乱暴を働いた人足はどうしたい」

「そいつなんだが、自身番の金造や荒物屋の竹松も見てなくてな。ひょっとしたら、峰吉は嘘をついているのかも知れない」

「嘘……どうして峰吉が……」

「ああ。峰吉、本当は丈八にやられたのに、やったのは人足だとな」

新吾は睨んだ。

「丈八か……」

「うん。外科医の俊道先生によれば、峰吉の怪我の痕は殆ど着物に隠れる処でな。そんな殴り方をするのは、身近にいる者の仕業だそうだ」

「成る程。しかし、やったのが丈八なら、峰吉が嘘をつくのが頷けねえな」

浅吉は首を捻った。

「本当の事を云うと、おっ母さんやおくみが只じゃあ済まないと脅されたのかも知れないし、子供心におっ母さんのおよしを哀しませたくなかったのかも知れない」

新吾は、峰吉の気持ちを推し量った。

「よし、丈八の野郎がどうするか張り付いてやるぜ。じゃあな……」

浅吉は、楽しげな笑みを浮かべて白山権現門前町の茶店に向かった。

新吾は、養生所の庭に廻った。

峰吉とおくみは、お鈴を手伝って楽しそうに洗濯物を干していた。

新吾は眩しげに見守った。

洗濯物は風に揺れていた。

白山権現は加賀一宮白山神社を勧請《かんじょう》した古社であり、歯痛に効く神さまとして庶民に信仰されていた。

昼が過ぎた頃、茶店の裏から丈八が出て来た。

丈八は、腫れ上がった顔を隠すように歩き出した。

浅吉は尾行した。

行き先は小石川戸崎町……。

浅吉は、丈八の行き先を読んだ。

丈八は、浅吉の読み通りの道筋を進み、小石川戸崎町の小石川大下水裏の古い長屋の木戸を潜った。

丈八は読みの通り、およしの家の腰高障子を叩いた。

浅吉は、木戸に潜んで見守った。

およしが、腰高障子を開けて顔を見せた。丈八は素早く家の中に入った。

浅吉は見張り続けた。

四半刻が過ぎた時、およしの家の腰高障子を開けて丈八が出て来た。

「待ってよ、お前さん」

およしが追って現れ、丈八に縋った。

「そうしなきゃあ、どうしても駄目なのかい」

およしは顔色を変え、喉を引き攣らせた。

「分かってくれ、およし。そうしなきゃあ、俺は殺される。頼むぜ、およし」

丈八は、哀れっぽく告げて古い長屋から出て行った。

「あんた……」

およしは、呆然と立ち尽くした。

浅吉は丈八を追った。

俺は殺される……。

丈八は、およしに博奕で作った借金を返さなければ殺されると告げ、何事かを頼んだのだ。

それが何なのか……。

浅吉は、本郷通りに向かう丈八を追った。

丈八は、本郷通りを湯島に向かった。

浅吉は慎重に尾行した。

湯島に出た丈八は、神田川沿いの柳原通りを両国に急いだ。

両国広小路は見世物小屋や露店が軒を連ね、見物客や通行人で賑わっていた。

丈八は賑わいを横切り、大川沿いを下り元柳橋の架かる薬研堀《やげんぼり》に出た。薬研堀には船宿の猪牙舟《ちょきぶね》や屋根船が揺れていた。

丈八は薬研堀沿いに曲がり、米沢町三丁目にある仕舞屋《しもたや》に入った。

浅吉は見届けた。そして、仕舞屋の住人が誰か周囲に聞き込みを掛けた。

女衒の藤兵衛《とうべえ》……。

それが、丈八が入った仕舞屋に住んでいる者の名前だった。

女衒に何の用だ……。

いずれにしろ、博奕で作った借金が絡んでいるのだ。

浅吉は、丈八が女衒の家を訪れた理由を突き止めようとした。

薬研堀に繫がれた猪牙舟や屋根船が揺れた。

四

賄所の管理、品物の購入手配、病人部屋の見廻り、薬煎の立会い……。

新吾は、養生所見廻り同心としての仕事を忙しくこなしていた。

「新吾さん……」

お鈴が役人部屋に駆け込んで来た。

「どうした、お鈴さん」

「およしさんが、おくみちゃんを連れて行きました」

お鈴は声を弾ませた。

「なんだと……」

「訳を訊いたんですが、何も云わずに……」

「峰吉は……」

「ついて行きました」

「よし」

新吾は、羽織を脱ぎ棄てて養生所の門を出た。

下男の宇平が、門前で御殿坂への道を見ていた。

「宇平、およしたちは御殿坂の方に行ったのか」

新吾は、宇平の様子を見て判断した。

「へい。あっちに……」

宇平は頷き、御殿坂の方を指差した。

「よし」

新吾は着物の裾を端折《はしよ》り、御薬園《おやくえん》と武家屋敷の間の道を猛然と走り出した。

およしは、おくみを何処に連れて行くつもりなのだ……。

新吾は走った。


風が吹き抜け、薬研堀に小波《さざなみ》が走った。

女衒の藤兵衛の家の格子戸が開いた。

浅吉は、元柳橋の袂に素早く潜んだ。

丈八が、初老の男と二人の若い男を連れて出て来た。

女衒の藤兵衛と若い衆……。

浅吉はそう睨んだ。

丈八は、腰を屈めて揉み手をし、藤兵衛を両国広小路に誘った。二人の若い衆が続いた。

何処に行く気だ……。

浅吉は追った。

御殿坂の通りに、おくみの手を引いて行くおよしと峰吉の姿が見えた。

何をするのか見届けてやる……。

新吾は、端折った着物の裾を下ろして尾行をし始めた。

御殿坂を過ぎると小石川戸崎町になり、小石川大下水裏の長屋がある。

およしは、おくみを家に連れ帰るのか……。

新吾は、思いを巡らせながらおよしたちを追った。

神田川には荷船が行き交っていた。

丈八は、女衒の藤兵衛と二人の若い衆を連れて神田川に架かる昌平橋を渡り、湯島一丁目から本郷通りに出た。本郷通りの先に白山権現がある。その近くに養生所があり、峰吉たちの暮らす長屋もあった。

丈八は、小石川大下水裏の長屋に行くのかも知れない。

博奕の借金二十両と女衒……。

浅吉は慎重に追った。

小石川大下水裏の長屋の井戸端は、夕食の仕度前の静けさに包まれていた。

およしは、おくみと峰吉を連れて長屋に戻った。

新吾は木戸に潜み、次に起こる事を待った。

およしの家から峰吉が出て来た。そして、鼻水を啜りながら木戸を駆け抜けた。

新吾は追った。


峰吉は泣いていた。

地蔵堂の裏に隠れ、幼い子供のように声をあげて泣いていた。

「どうした峰吉……」

新吾は見ていられなくなった。

「新吾さま……」

峰吉は、新吾に抱きついて大声で泣いた。骨を折った左腕を吊った晒し布は、哀しいほどに薄汚れていた。新吾は、峰吉の気が済むまで泣かせた。

木洩れ日が眩しく揺れた。

峰吉は、涙に濡れた目を新吾に向けた。

「それで、おっ母ちゃん、おくみを奉公に出すって……」

「奉公だと……」

新吾は眉をひそめた。

「うん」

峰吉は、涙を拭いながら頷いた。

「奉公先は何処だ」

「日本橋の大店の子守……」

「子守……」

「うん」

「日本橋の何て大店だ」

「分からない……」

峰吉は、涙で汚れた顔を横に振った。

「でも、おくみはまだ八つになったばかりだよ。小さい子供なんだよ。子守奉公なんて辛すぎるよ」

峰吉は、涙声に怒りを滲ませた。

「だからおいら、止めてくれっておっ母ちゃんに頼んだんだ。でも、おっ母ちゃん……」

峰吉は悔しげに俯いた。

「どうしても奉公に出すというのか……」

「うん。おいらがおくみの分も一生懸命に働くって云っても駄目なんだ」

「そうか……」

およしは、おくみを奉公に出そうとしている。

それは、丈八の博奕の借金二十両に関わりがあるのかも知れない……。

新吾の直感が囁いた。

「丈八、まだ遠いのかい……」

突然、初老の男の嗄れ声がした。

新吾は、咄嗟にしゃくりあげる峰吉の口を押さえ、地蔵堂に身を寄せて通りを窺った。

「すみませんねえ。もうすぐです」

丈八が、初老の男と二人の若い衆を連れて地蔵堂の前を通って行った。

峰吉は、丈八を睨み付けた。

「他の三人、何処の誰か知っているか……」

「ううん。知らない」

峰吉は、小石川大下水裏の長屋に向かう丈八たちを見送りながら首を横に振った。

「新吾さん……」

浅吉が背後からやって来た。

「おお、浅吉……」

「丈八の野郎、いろいろ動いているぜ」

浅吉は薄笑いを浮かべた。

「一緒に来た奴ら、何者だ」

「女衒の藤兵衛と手下だ」

「女衒だと……」

新吾は、おくみの奉公話の裏に丈八が潜んでいるのを確信した。

「ああ、何を企んでいやがるのか……」

浅吉は峰吉を一瞥した。それは、企みが峰吉の家族に関わりがあると告げていた。

「よし……」

新吾は丈八たちを追った。

長屋の狭い家の中は、男たちで一杯になった。

おくみは怯え、およしの背後に隠れるように座り、零《こぼ》れそうになる涙を懸命に堪えていた。

女衒の藤兵衛は、おくみを鋭い眼差しで見廻していた。

およしは戸惑っていた。

丈八は、藤兵衛の判断を息を詰めて待っていた。己が助かるかどうかは、藤兵衛の判断一つに掛かっているのだ。

二人の若い衆は、狭い三和土《たたき》の壁に寄り掛かっていた。

「お前さん、日本橋の大店だったよね……」

およしは、事の成り行きに不安を覚えた。

「煩《うる》せえ。静かにしていな」

丈八は、およしを咎めた。

「如何なもんですかね、藤兵衛さん」

丈八は、藤兵衛に媚びる目を向けた。

「そうだな。年季奉公で十五両ってところだろうな」

藤兵衛は嗄れ声で答えた。

年季奉公は、十年を一区切りにして前金を貰って奉公する制度だ。それは、公儀に禁じられた人身売買の代わりに発展したものといえた。だが、十年の奉公の間、借金が増えたりして年季は中々明けない。それ故、年季奉公は、実質的な人身売買であった。

「藤兵衛さん、そこを何とか二十両でお願い出来ませんかい」

二十両、耳を揃えて返さなければ、命はないのだ。丈八は必死だった。

「ま、深川の女郎屋なら二十両、出すかもしれねえな」

藤兵衛は笑った。

「藤兵衛さん、何とかそいつでお願いします」

丈八は声を弾ませた。

「お前さん、女郎屋に年季奉公だなんて、冗談じゃあないよ」

およしは顔色を変え、おくみを抱き締めた。

「およし、そうしなきゃあ、俺は簀巻《すま》きにされてぶち殺されちまうんだ」

「だけど……」

およしは迷いを浮かべた。

「なあ、およし、俺とお前は夫婦も同然。だから、俺はおくみのお父っつぁんだ。

娘が父親を助ける為に身を売るなんて親孝行な話だぜ。なあ、おくみ……」

おくみは泣き出した。

「どうなっているんだ、丈八……」

藤兵衛は厳しく一瞥した。

「へ、へい。さあ、おくみ、俺と一緒に来るんだぜ」

丈八は、おくみの腕を摑んで引き寄せようとした。

「何をするんだ。止めておくれよ」

およしは、丈八にしがみついた。

「退け」

丈八は、およしを乱暴に蹴り飛ばした。およしは、壁に叩きつけられて倒れた。

「おっ母ちゃん……」

おくみは泣き叫んだ。

「大人しくしな」

丈八は、おくみを抱き上げた。おくみは抗い、丈八の手から懸命に逃れようとした。

「嫌だ。嫌だ、放せ……」

藤兵衛は嘲笑を浮かべ、二人の若い衆を促して家の外に出た。そして、おくみを抱いた丈八が続いた。

新吾と浅吉は身構えた。

二人の若い衆と女衒の藤兵衛。そして、丈八が抗うおくみを連れて出て来た。

「おっ母ちゃん、兄ちゃん……」

おくみは、懸命に逃れようと身を捻り、助けを求めた。

峰吉は、悔しげに唇を震わせた。

「浅吉……」

新吾は身構えた。

「いつでも……」

浅吉は不敵に笑い、手拭を出して拳ほどの石を包んだ。

次の瞬間、丈八が悲鳴をあげた。

「おくみ……」

およしが、おくみを家に引き入れた。そして、激しく震える手には血にまみれた包丁が握られていた。

「およし……」

丈八は背中を浅く刺され、怒りに醜く顔を歪めていた。

「私が馬鹿だった。馬鹿だったんだよ」

およしは悲痛に叫び、震える手で包丁を構えた。包丁の刃が小刻みに震え、煌めきを放った。

「この女……」

丈八と藤兵衛たちは、おくみを後手に庇うおよしを取り囲んだ。

刹那、駆け寄った新吾が、若い衆の一人を投げ飛ばして地面に激しく叩き付けた。そして、浅吉がもう一人の若い衆を石包みの手拭で殴り倒した。

丈八と藤兵衛は驚いた。

「おっ母ちゃん、おくみ……」

峰吉がおよしに駆け寄った。

「峰吉……」

およしは、助けを求めるように峰吉に縋りついた。

新吾は、丈八と対峙した。

「な、なんだ手前……」

丈八は眉をひそめた。

「俺か、俺は北町奉行所養生所見廻り同心の神代新吾だ」

「同心……」

丈八は、怯えを過ぎらせた。

「峰吉、お前の腕の骨を折ったのも丈八だな」

「神代様、ごめんなさい。でも、黙っていなきゃあ、おっ母ちゃんとおくみを酷い目に遭わせるって。だから、おいら嘘をつくしかなかったんだ。丈八はいつもおいらを殴ったり蹴ったりしていたんだよ」

峰吉は、涙を零しながら訴えた。

「おのれ……」

新吾は怒りに震えた。

新吾は、丈八を厳しく睨み付けた。

「旦那、あっしどもには関わりのねえことでして……」

藤兵衛は薄笑いを浮かべた。

「黙れ、女衒の藤兵衛。お前が年端もいかないおくみを女郎屋に売り飛ばそうとしているのは、分かっているんだ」

「そんな……」

藤兵衛は眉をひそめた。同時に、丈八が木戸に逃げた。新吾は追った。丈八は、振り向きざまに匕首を閃かせた。新吾は、僅かに身を捻って匕首を躱《かわ》し、丈八の匕首を握る腕を取って投げた。丈八は、地面に激しく叩きつけられて悲鳴と土埃を舞い上げた。

新吾は、丈八の胸倉を鷲摑みにして立ち上がらせると殴りつけた。

丈八は、血を飛ばして悲鳴をあげた。新吾は構わず、丈八を殴り続けた。

浅吉は、峰吉とおよしをおくみのいる家の中に入れ、腰高障子を閉めた。藤兵衛と二人の若い衆は、新吾の怒りの激しさに立ち竦《すく》んでいた。

「藤兵衛さん、これ以上関わりになりたくなけりゃあ、何もかも忘れてさっさと帰るんだな」

浅吉は嘲笑を浮かべた。

「すまねえ……」

藤兵衛は浅吉に目礼し、二人の若い衆を促して帰って行った。

新吾は、丈八を殴り続けていた。丈八は血と泥に汚れ、すでに意識を失っていた。

「新吾さん……」

浅吉は新吾を止めた。

新吾は、我に返ったように丈八から離れた。

丈八は、意識を失ったまま崩れ落ちた。

「浅吉……」

「終わりましたよ」

浅吉は微笑んだ。

「うん……」

新吾は頷いた。

家の中から、およしと峰吉、そしておくみの啜り泣きが洩れていた。

新吾は、荒物屋の竹松の用意した大八車に縛り上げた丈八を乗せ、雇った人足に曳《ひ》かせて大番屋に向かった。北町奉行所には、自身番の金造が報せに走った。

大番屋には定町廻りか臨時廻りの同心が来る手筈だ。

およしは、土壇場で女より母親である事を選んだ。それが、およしにとって幸せかどうかは分からない。だが、少なくとも峰吉とおくみには、幸せなのに間違いない。

およしは、酌婦を辞めておくみと内職の風車作りに励んだ。左腕の骨折の治った峰吉は、自身番や大店の雑用や使い走りをして駄賃を稼いでいた。

それでいい。いつか必ずおよしにも本当の幸せは訪れる……。

新吾は願った。

小石川戸崎町の地蔵堂には、今日も木洩れ日が揺れて煌めいていた。

第四話

渡世人

一

養生所に担ぎ込まれて来た行き倒れは、薄汚れた縞の合羽をまとった無精髭の若い渡世人だった。

本道医の小川良哲は診察を終え、若い医生に薬の処方を指定した。

無精髭の若い渡世人は、板橋宿を抜けて巣鴨に来た処で意識を失って倒れた。そして、良哲の診察を受けた今も意識を失ったままだった。

「どうなんだ」

北町奉行所養生所見廻り同心の神代新吾は、無精髭の若い渡世人の持ち物を調べながら尋ねた。

「熱があるな」

「熱か……」

「うん。風邪だと思うが、滋養不足というか、満足に物を食べていないようだし、かなり無理な道中を続けて来ている。そいつが、風邪をこじらせたのかも知れぬ」

「そうか……」

意識を失っている若い渡世人は、痩せて薄い胸を微かに上下させていた。

「それで、名前が分かるような物、あったか」

「いいや。小銭の入った巾着。振分荷物の行李には着替え、矢立、針や糸などの日用品。木箱には薬、懐提灯、蠟燭なんかが入っているだけだ」

新吾は、木箱の蓋を閉めた。

「道中手形は持っていないのか……」

「うん」

「そうか、持っていないか……」

良哲は眉をひそめた。

〝道中手形〟は、己の身分と素姓を証明してくれるものである。

「まあ、このなりだ。裏街道を行くのには無用な物かもしれないな。そして、後はどうせなまくらだろうが、長脇差《ながわきざし》が一振り……」

新吾は、塗りの剝げた鞘から長脇差を抜いた。抜き身は鈍い輝きを放っていた。

新吾は、思わず喉を鳴らした。

「どうした」

「拵《こしら》えは粗末で酷いが、かなり使い込まれた業物《わざもの》かも知れぬ」

新吾は、眉をひそめて鈍く輝く刀身を見つめた。

「ほう、それほどの刀か……」

「おそらくな。で、どうする」

新吾は、長脇差を鞘に納めた。

「ま、このまま放り出すわけにもいかぬ。身体が回復するまで面倒を見るしかあるまい」

「うん……」

新吾は頷いた。

「名も知れぬ旅の渡世人だと……」

北町奉行所養生所見廻り与力の天野《あまの》庄五郎《しょうごろう》は、眉をひそめて聞き返した。

「はい。良哲先生も放り出すわけには参らぬと云っております」

「ならば、仕方があるまいが。神代、そ奴、凶状持ちではあるまいな」

「そいつはまだ……」

「よし。急ぎ奉行所に戻り、諸国から送られて来ている人相書を調べろ。万が一、お尋ね者を見逃し、御府内《ごふない》に入れたとなると、どのようなお咎めを受けるか分からぬ。良いな、神代」

天野庄五郎は、持ち前の役人臭さを丸出しにして新吾に命じた。

「心得ました。では、御免……」

新吾は、養生所の役人部屋を出た。


風が吹き抜け、外濠には小波が走っていた。

新吾は、呉服橋を渡って北町奉行所の門を潜った。

若い渡世人は、中仙道から板橋宿に入った……。

新吾はそう睨み、中仙道沿いの武蔵・上野・信濃の国々から送られて来た人相書を調べた。だが、それらの国々に若い渡世人の人相書はなかった。新吾は、調べる国々を関八州に広げた。

関八州とは、相模・武蔵・安房・下総・上総・常陸・上野・下野の関東八ヶ国を指した。その中で相模は東海道、他の五ヶ国は奥州街道・日光街道・水戸街道などを使うはずだ。そして、江戸への入口は千住の宿になる。

いずれにしろ、関八州の人相書にも若い渡世人のものはなかった。

新吾は、何故か安堵感を覚えた。

「やあ、新吾じゃあないか……」

臨時廻り同心の白縫半兵衛が笑顔でやって来た。

「半兵衛さん……」

新吾は、半兵衛に若い渡世人の事を相談した。

白縫半兵衛は、新吾の組屋敷の隣に住んでおり、その昔に出産で妻と子を亡くした。激しい衝撃を受けた半兵衛は、組屋敷に閉じこもって他人との接触を断った。その時、新吾の両親は何かと半兵衛の世話をしてやった。その後、半兵衛は立ち直り、臨時廻り同心となった。「世の中には私たちが知らん顔をした方がいいことがある」と嘯き、時には人情味あふれる裁きを行い、〝知らぬ顔の半兵衛〟と呼ばれるようになった。

半兵衛は、何処にでもいる平凡な中年男だが、田宮流抜刀術の達人でもあった。

「どうかしたのかい」

「ええ。実は……」

新吾は眉をひそめた。

「話なら蕎麦を食べながら聞かせて貰うが、いいかな」

半兵衛は、新吾の気勢を削ぐように笑った。

「ええ……」

新吾は、戸惑いながらも頷いた。

「じゃあ行こう」

半兵衛と新吾は、連れ立って北町奉行所を出た。


半兵衛と新吾は、呉服橋を渡って外濠と繫がる日本橋川に向かった。そして、日本橋川に架かる一石橋の袂にある蕎麦屋の暖簾を潜った。

「ほう、若い渡世人の行き倒れか……」

半兵衛は猪口の酒を啜った。

「ええ。満足な食事をしていなくて滋養不足になり、風邪をこじらせたようです」

新吾は、あられ蕎麦を啜った。小柱の風味のきいた蕎麦は美味く、落ち着いた気分にさせた。

「その渡世人、どうかしたのかい……」

「それなんですがね。拵えは粗末なんですが、かなり使い込んだ長脇差を持っていましてね」

新吾は、あられ蕎麦を食べ終わり、手酌で酒を飲んだ。

「ほう。使い込んだ長脇差か……」

半兵衛の眼が鋭く輝いた。

「ええ。研ぎもしっかりされていて、馬鹿な旗本の若さまの刀より、手入れもいいぐらいでしてね」

「そいつは気になるな……」

「はい」

「新吾、その渡世人、上州者かもしれないな」

半兵衛は読んだ。

「上州者ですか……」

新吾は眉をひそめた。

「うん。上州は馬庭《まにわ》村に樋口又七郎定次《ひぐちまたしちろうさだつぐ》を開祖とする馬庭念流《まにわねんりゅう》という剣の流派があってな。武士や郷士はおろか、百姓町人の間にも広まっていると聞く。ひょっとしたらね」

半兵衛は手酌で酒を飲んだ。

「なるほど……」

半兵衛は、若い渡世人の長脇差が手入れの行き届いたものであることから、剣の心得があると睨み、百姓町人にも広まっている馬庭念流を修行した上州者だと読んだのだ。

「その辺りから調べると、身許も割れるかもしれないよ」

上州から江戸に来るには中仙道を使い、板橋宿に着く。

新吾は、半兵衛の読みに感心した。

「分かりました。助かりました」

新吾は、半兵衛の猪口に酒を満たし、手酌で飲んだ。

夕暮れ近く、若い渡世人は意識を取り戻した。

報せを受けた新吾は、男の病人部屋に急いだ。

良哲の診察を受けていた若い渡世人は、入って来た新吾を見て僅かに眉をひそめた。

「どうだ……」

新吾は良哲に尋ねた。

「うん。熱も下がったし、無理をしなければもうどうって事もあるまい」

「そうか。良かったな……」

新吾は、若い渡世人に笑い掛けた。

「へ、へい……」

若い渡世人は、新吾の笑顔に戸惑いを滲ませた。

「俺は北町奉行所養生所見廻り同心の神代新吾だ。名前と生国を聞かせて貰おう」

新吾は、若い渡世人を見つめた。

「名前は弥太郎《やたろう》。生国は安中《あんなか》です」

上州安中は中仙道の宿場の一つであり、板倉家三万石の城下町だ。

半兵衛の睨み通り、若い渡世人は上州者だった。

「安中の弥太郎か……」

新吾は念を押した。

「へい……」

「で、何しに江戸に来たのだ」

「別に。風に吹かれるままに……」

弥太郎は言葉を濁した。

違う、江戸に来た理由は立派にある……。

新吾の直感が囁いた。だが、新吾は無理押しはしなかった。

「そうか……」

新吾は、良哲に頷いて見せた。

「弥太郎さん、あんたは滋養が足らずに身体が弱り、風邪をこじらせてしまったのだ。しばらく薬湯《やくとう》を飲んで滋養のある物を食べるのだな」

良哲は、弥太郎に告げた。

「そうですか。ご造作をお掛け致しました」

弥太郎は深々と頭を下げた。

「それで先生、薬代ですが……」

弥太郎は眉をひそめた。

「弥太郎、薬代は無用だ」

新吾は笑った。

「えっ……」

「お前は他国者だから知らぬだろうが、養生所は公儀の施療院でな。薬代は無料だ」

「そうですか……」

弥太郎は、新吾から眼を逸らして僅かに頭を下げた。

良哲は、新吾と診察室に入った。

「安中の弥太郎か……」

「そいつも嘘かも知れんな」

新吾は眉をひそめた。

「嘘……」

良哲は戸惑った。

「うん。風邪をこじらせてまで、風に吹かれて江戸に来るかな」

「そうか……」

「そいつが嘘なら、名前や生国も本当かどうか疑うべきだろう」

「成る程、そうだな……」

良哲は、感心したように頷いた。

「で、どうするんだ」

良哲は尋ねた。

「ま、養生所を出れば、俺たちと関わりはないが。ちょいと調べてみるさ」

新吾は小さく笑った。

養生所は夕闇に包まれ始めた。

「あの、神代さま……」

下男の宇平が、診察室の戸口に現れた。

「どうした宇平」

「たった今、担ぎ込まれた渡世人が出て行きましたよ」

「そうか……」

「新吾……」

「うん。で、宇平。渡世人、どっちに行った」

「へい。駿河台にはどう行けばいいかと、聞いて来ましてね。御殿坂から本郷通りの道筋を教えました」

「分かった」

新吾は、良哲の診察室を出た。

御薬園前から御殿坂を抜けて白山権現を過ぎ本郷通りに出る。そして、本郷通りを南に進むと湯島となり、神田川を渡ると駿河台だ。

新吾は、養生所を足早に出た。

「新吾さん……」

急ぐ新吾の傍に浅吉が並んだ。

「おお、浅吉か、どうした……」

「ちょっとこっちの方へ来る用があったから、新吾さんの処へ寄ろうかと思ってね。で、急いで何処に行くんだい」

手妻の浅吉は、新吾の足並みに合わせて進んだ。

「うん。駿河台だ……」

新吾は、浅吉に渡世人の弥太郎を追っている事を告げた。

「そいつは面白そうだ。付き合うぜ」

浅吉は嬉しげに笑った。

新吾と浅吉は、弥太郎を追って本郷通りを急いだ。

夕暮れが町を覆い始めた。

追分を過ぎ、加賀藩江戸上屋敷の前に差し掛かった時、浅吉が眉をひそめた。

「あの野郎かな……」

浅吉は、加賀藩江戸上屋敷の塀の傍を行く人影を示した。人影は三度笠を被り、縞の合羽に身を包んでいた。

「うん。安中の弥太郎だ……」

新吾は大きく頷いた。

安中の弥太郎は、俯き加減の姿勢で一定の調子を刻んで進んで行く。それは、旅なれた者の足取りだった。

「それにしても、あの恰好で駿河台に行くつもりなのかな」

新吾は眉をひそめた。

「そいつは無理だ」

浅吉は苦笑した。

神田駿河台は大名・旗本の屋敷が連なっている武家地であり、所々に辻番所がある。辻番所は町方の自身番に相当し、大名家のものと旗本が数家で出すものがあった。そして、大名家や旗本家の者たちが詰め、不審な者の出入りを厳しく監視していた。

三度笠を被った渡世人が、縞の合羽を纏って入って行けば、問答無用で取り押えられるか、斬り棄てられるのに決まっている。

「うん……」

新吾は、浅吉の睨みに頷きながら弥太郎を追った。

神田川の流れは月明かりに煌めいていた。

弥太郎は岸辺に佇み、三度笠を取って縞の合羽を脱いだ。そして、思い詰めた眼差しで神田川の向こうに連なる武家屋敷街を見つめた。

新吾と浅吉は物陰から見守った。

「何だか深刻だな……」

新吾は眉をひそめた。

「ああ……」

浅吉は、弥太郎を見つめたまま頷いた。

弥太郎は踵を返し、湯島天神門前の盛り場に向かっていった。

湯島天神門前の盛り場は酔客が行き交っていた。

弥太郎は、縞の合羽と三度笠、振分荷物を手にして盛り場を進んだ。そして、擦れ違う酔っ払いや客を引く酌婦たちに何事かを尋ねていた。

浅吉は、弥太郎が何事かを尋ねた酌婦に小粒を握らせた。

「野郎、お前さんに何を訊いたんだい」

「飲み屋の布袋屋、何処だって訊かれたよ」

酌婦は小粒を握り締めた。

「何処なんだ」

「男坂の下にあるよ」

「そうか、造作を掛けたな」

浅吉は、弥太郎を尾行している新吾の傍に戻った。

「野郎が捜しているのは、男坂の下の布袋屋って飲み屋だ」

「布袋屋……」

「俺は先廻りをするぜ」

「うん。俺は顔を知られているから表にいる」

「承知……」

浅吉は裏路地に入り、男坂の下にある居酒屋『布袋屋』に急いだ。

新吾は、弥太郎の尾行を続けた。

湯島天神境内の南東には、傾斜の急な男坂と緩やかな女坂がある。

浅吉は、裏路地を抜けて男坂の下に先廻りをし、居酒屋『布袋屋』を探した。

小さな居酒屋『布袋屋』は片隅にあった。

浅吉は、『布袋屋』の店内の様子を窺った。『布袋屋』の店内からは、数人の男の屈託のない笑い声が洩れて来た。

浅吉は、『布袋屋』に入った。

「いらっしゃい」

初老の痩せた亭主が、嗄れ声で浅吉を迎えた。

「邪魔するぜ」

浅吉は片隅に座り、亭主に酒を頼んだ。

店では、大工や左官などの職人たちが楽しげに酒を飲んでいた。

「おまちどお……」

亭主が浅吉に酒を持って来た時、店の腰高障子を開けて弥太郎が覗いた。

「いらっしゃい……」

亭主は、弥太郎を見て表情を一変させた。

「お前さん……」

亭主は戸惑い、そして笑った。

「しばらくでした、伝六さん」

弥太郎は、痩せた亭主に頭を下げた。

「ああ。何年ぶりかな」

伝六と呼ばれた亭主は、嬉しげに笑った。

「五年ぶりですか……」

弥太郎は小さく笑った。

「そうだな。私が高崎に行った時だから、そうなるか。それより、こっちで手足を洗って寛いでくれ」

伝六は、弥太郎を板場の奥に連れて行った。

浅吉は、酒を啜りながら見送った。

弥太郎は、居酒屋『布袋屋』の店主伝六と知り合いだった。

浅吉は、弥太郎が板場から出て来るのを待った。

僅かな時が過ぎ、旅装を解いた弥太郎が出て来た。伝六は、酒と肴を出して弥太郎を持て成した。

「それで、江戸には何の用で来たんだい」

伝六は、浅吉たち客を一瞥し、隅に座ってひっそりと酒を飲み始めた弥太郎に聞いた。

「えっ、ちょっと……」

弥太郎は、短く答えて酒を啜った。

「まあ。こんな処で良かったらゆっくりしていくがいいよ」

「すみません」

「なあに、何といっても命の恩人だ。遠慮はいらねえよ」

伝六は笑った。

弥太郎は、伝六に頭を下げた。

「父っつぁん、邪魔するぜ」

常連らしい四、五人の職人が、賑やかに入って来た。店内は一杯になり、伝六は忙しくなった。

これまでだ……。

浅吉は、『布袋屋』を出る事にした。

二

「ありがとうございました」

浅吉は、伝六の嗄れ声に送られて『布袋屋』を出た。

「浅吉……」

男坂の暗がりから新吾が現れた。

「どうだった」

「弥太郎、布袋屋の主、伝六ってんだが、知り合いで訪ねて来たってところだな」

浅吉は、新吾に弥太郎の様子を伝えた。

「じゃあ弥太郎、しばらく布袋屋の厄介になるつもりか……」

新吾は、弥太郎の動きを読んだ。

「きっとな……」

浅吉は頷いた。

「それにしても弥太郎、布袋屋を訪ねるのが目当てで江戸に来たのかな」

浅吉は首を捻った。

「風邪をこじらせる程、急いで江戸に出て来たんだ。その目当てが古い知り合いを訪ねるだけじゃあるまい」

新吾は睨んだ。

「成る程。布袋屋に来るのが目当てなら、湯島天神の道筋を聞くはず。それを駿河台と聞いたとなると、江戸に来た目当ては、駿河台に屋敷を構えている侍って事か……」

浅吉は、勘の良さを見せた。

「おそらく……」

新吾は頷いた。

弥太郎は、駿河台に屋敷を構える武士に何の用があるのだ……。

新吾は気になった。

「で、どうする」

「そうだな……」

休みを取って弥太郎を見張るか……。

新吾は迷った。

「新吾さん、良かったら俺が弥太郎に張り付いてみようか」

浅吉は笑みを浮かべた。

「やってくれるか」

新吾は、思わず顔をほころばせた。

「ああ。任せてくれ」

浅吉は、小さく笑って頷いた。

湯島の夜空に女の嬌声と男の笑い声が響いた。


八丁堀北島町に神代新吾の組屋敷はあった。

百坪ほどの敷地に建つ三十坪ほどの家は、屋敷とよべるほどのものではなかった。しかし、母の菊枝と二人暮らしの新吾には、狭すぎる事はなかった。

新吾は、井戸端で房楊枝を使って顔を洗った。

「新吾……」

隣の屋敷との垣根の向こうに半兵衛が顔を見せた。

「おはようございます、半兵衛さん」

新吾は、濡れた顔を手拭で拭いながら半兵衛のいる垣根に寄った。

「昨日の渡世人、どうした」

「半兵衛さんの睨み通り、やはり上州安中から来た者でした」

「そうか……」

「それで、熱も下がったので養生所を出ましてね……」

新吾は、その後の渡世人・弥太郎の動きを教えた。

「駿河台の武家屋敷をね……」

「はい」

「何かありそうだね」

半兵衛は眉をひそめた。

「半兵衛さんもそう思いますか」

新吾は身を乗り出した。

「うん。誰かに見張らせた方がいいかも知れないな」

「それなら大丈夫です」

新吾は笑みを浮かべた。

「誰か張り付いているのか」

「はい。浅吉って、ちょいとした知り合いが見張ってくれています」

「そうか……」

「半兵衛の旦那……」

岡っ引の本湊の半次が、半兵衛の屋敷の台所から出て来た。

「こりゃあ新吾さん。おはようございます」

半次は、半兵衛から手札を貰っている岡っ引だ。

「やあ、半次親分……」

「朝飯、出来たのかい」

「はい」

「じゃあな新吾……」

半兵衛は、半次と共に屋敷の台所に入って行った。

新吾は見送り、自分の部屋に向かった。

湯島天神男坂の下の居酒屋『布袋屋』は、遅い朝を迎えていた。

昨夜、弥太郎は『布袋屋』から動く気配を見せなかった。そう見極めた浅吉は、本郷の武家屋敷で開帳されている賭場を訪れ、夜明けまで眠った。そして、朝から『布袋屋』の表の見通せる処に潜んだ。

巳の刻四つ（午前十時）が過ぎた。

伝六が、『布袋屋』から出て来て店の表を掃除し始めた。そして、弥太郎が三度笠や長脇差を持たずに現れ、伝六に声を掛けて明神下の通りに向かった。

「くれぐれも気をつけるんだぜ」

伝六は心配げに見送った。

浅吉は、弥太郎を尾行した。

明神下の通りは、神田川に架かる昌平橋から不忍池に抜けている。

弥太郎は、明神下の通りを昌平橋に向かった。

神田川には荷船が行き交っていた。

弥太郎は、昌平橋を渡って八ツ小路に出た。そして、西に広がる武家屋敷街を眉をひそめて眺めた。

浅吉は見守った。

弥太郎は、覚悟を決めたように喉を上下させ、神田川沿いの淡路坂をあがった。

浅吉は追った。

淡路坂をあがると太田姫稲荷がある。

弥太郎は、太田姫稲荷を見届け、尚も進んで突き当たりを小袋丁に向かった。

武家屋敷街は主たちの登城の時も終わり、人通りも少なく静寂に覆われていた。

弥太郎は、連なる武家屋敷を見上げながら小袋丁を進んだ。

弥太郎の眼は懸命に何かを捜し、耳は必死に何かを聞き取ろうとしている……。

浅吉はそう感じた。

弥太郎はそのまま進み、胸突坂《むなつきざか》に向かった。

「待て」

突然、旗本家の辻番所から声が掛かった。

弥太郎は凍てついた。

辻番所から数人の番士が現れ、弥太郎を厳しい面持ちで取り囲んだ。

「何処に行く」

番士の頭は、弥太郎に厳しく問い質した。

「へ、へい……」

弥太郎は言葉に詰まり、微かな悔やみを過ぎらせた。

「何処に行くのか尋ねているんだ。答えろ」

番士頭は怒声をあげた。

「へい。あのお旗本の桑原弾正《くわばらだんじょう》さまのお屋敷に……」

弥太郎は、慌てて告げた。

「桑原弾正さまのお屋敷だと……」

「へい……」

「お前のような者が何の用だ」

「そ、それは……」

「怪しい奴だ。おい」

他の番士たちが弥太郎を捕えようとした。

「お待ち下さい」

浅吉が、縞の半纏を翻して駆け寄った。

「何をしているんだ弥太郎」

弥太郎は、浅吉の出現に戸惑った。

「申し訳ありません。こいつは田舎から出て来たばかりでして。実は桑原弾正さまのお屋敷に親類の者が奉公していましてね。そいつに逢いに来たのですが、桑原さまのお屋敷が何処か分からなくて。今、手分けして探していたところにございました。決して怪しい者ではなく、只の田舎者にございます。さあ、お前も謝れ」

浅吉は、言葉巧みに誤魔化し、弥太郎に頭を下げさせた。そして、番士頭に素早く一分金を握らせて囁いた。

「皆さんで酒でもお飲み下さい」

「そうか。ま、それならお屋敷をじろじろ見ながら行くのも仕方があるまい」

番士頭は苦笑し、一分金を握り締めた。

「それでお武家さま、桑原弾正さまのお屋敷はどちらでございましょうか」

「一ツ橋通り小川町に行くと、小諸《こもろ》藩牧野さまの江戸上屋敷がある。その隣だ」

番士頭は教えてくれた。

「そうですか。ご造作をお掛け致しました。じゃあ御免なすって。行くぞ、弥太郎」

浅吉は、弥太郎を促して辻番所から離れた。

「お前さん……」

弥太郎は、浅吉に怪訝な眼差しを向けた。

「黙ってついて来い」

浅吉は、弥太郎を厳しく一瞥した。

浅吉は、弥太郎を連れて表猿楽町に抜け、裏神保小路に入った。その先の一ツ橋通り小川町に信濃国小諸藩牧野家の江戸上屋敷はある。浅吉は、行き交う中間や行商人に尋ねながら進んだ。

浅吉は、一ツ橋通り小川町を抜けて三番御火除地《おひよけち》に出た。

三番御火除地と一番御火除地は、江戸城と一ツ橋御門を火事の類焼から免れさせる為に作られた空き地だ。

浅吉は、立ち止まって振り返った。

「お前さん……」

弥太郎は、浅吉に困惑と疑いの混じった眼を向けた。

「助けてくれた奴にそんな眼をするんじゃあねえ。昨夜、男坂の下の布袋屋って飲み屋で逢っただろう」

浅吉は苦笑した。

「あっ……」

弥太郎は思い出した。

「俺は浅吉って者だ」

「浅吉さん……」

弥太郎は探る眼を向けた。

「さあ、この大名屋敷の向こうが桑原弾正の屋敷のはずだぜ」

浅吉は、通りを挟んだ処に見える大名屋敷の隣を示した。

弥太郎は、長屋門を閉じている旗本屋敷に厳しい眼差しを向けた。

浅吉は、通り掛かった酒屋の小僧を呼び止めた。

「ちょいと尋ねるが、ここは旗本の桑原弾正さまのお屋敷かい」

「へい。そうです」

酒屋の小僧は、迷惑そうに答えて足早に立ち去った。

「間違いねえようだ」

浅吉は弥太郎に告げた。

弥太郎は、桑原屋敷に何かを捜すかのように見廻した。だが、桑原屋敷は静寂に包まれ、不審なところは感じられなかった。

「桑原屋敷に何の用があるんだ」

弥太郎は、黙ったまま浅吉を鋭く一瞥した。恨みのこもった暗い眼だった。

「事と次第によっちゃあ、調べる手立てがあるかもしれないぜ」

「本当か……」

弥太郎は身を乗り出した。

「ああ。その代わり、事情は話して貰わねえとな」

浅吉は笑った。

「分かった……」

弥太郎は、浅吉を見据えて頷いた。

「じゃあ、ここに長居は無用だぜ」

浅吉は、同じ場所に長居をして見咎められるのを恐れた。

弥太郎は、辻番所での一件を思い出し、思わず辺りを見廻した。

「こっちだ」

浅吉は、弥太郎を一方に誘った。


内神田鎌倉河岸は、朝の荷揚も終わって閑散としていた。

「話、聞かせて貰おうか……」

浅吉は弥太郎を促した。

「桑原弾正は、板鼻《いたはな》で暮らしていた妹を無理やり妾にして江戸に連れて来やがった」

上州板鼻は、中仙道を江戸から二十八里九丁の処にあり、高崎と安中の間にある宿場だ。

「妹……」

「おふみといって亭主と生まれたばかりの子供がいるってのに……」

弥太郎は、悔しさを露わにした。

「で、その妹を取り返しに来たのか」

浅吉は眉をひそめた。

「ああ。そして、百姓を人とも思わず、虫けらのように扱う桑原の野郎をぶち殺してやりてえ」

弥太郎は、搾り出すように云い放った。

魚が跳ねたのか、鎌倉河岸の水面に波紋が広がった。

「その妹が桑原屋敷にいるのか……」

「きっと……」

弥太郎は頷いた。

屋敷の他に別邸や寮を持っており、弥太郎の妹はそこに囲われているかもしれない。

「はっきり分からないか……。じゃあ、先ずはそこから確かめてみるか……」

「確かめられるのか……」

弥太郎は、浅吉に暗い眼を向けた。

「ま、何とかなるだろう」

浅吉は小さく笑った。

「よし。俺はその段取りをつける。お前さんは布袋屋で待っていてくれ」

「ああ……」

「いいかい。辻番の一件で良く分かったと思うが、武家の屋敷町は面倒なところだ。下手な真似をすると命取り、くれぐれも余計な真似はするんじゃあねえぞ」

「分かった……」

弥太郎は頷いた。

鎌倉河岸の水面は、吹き抜ける風に揺れて眩しく輝いた。

小石川養生所に通いの患者たちが途切れる事はなかった。

浅吉は、新吾を呼び出して弥太郎に関して分かった事を告げた。

「旗本の桑原弾正さまか……」

「ああ。酷い野郎のようだ」

「分かった。詳しい事を調べてみる。それより、弥太郎の妹が屋敷にいるかどうか、突き止める手立てはあるのか」

「どうにかなる」

浅吉は不敵に笑った。

「それならいいが。しかし、妹の居所が分かったとしても、何事もなく板鼻に連れ帰る事は出来るのかな」

新吾は眉をひそめた。

「肝心なのはそこだ……」

浅吉は厳しさを滲ませた。

「あの思い詰めた様子だ。何を仕出かすか分からないな」

「ああ。そいつだけは何とか食い止めてやりてえもんだ」

浅吉は、沈痛な面持ちで頷いた。

いきなり新吾に疑問が湧いた。

「浅吉……」

「なんだい」

「弥太郎が気になるようだな」

「俺と似たようなもんだからな」

浅吉は、我に返ったように苦笑した。

「お前と……」

新吾は戸惑った。

「ああ。じゃあな」

浅吉は、新吾の疑問を遮るように縞の半纏を翻した。

新吾は、立ち去って行く浅吉を見送った。そして、浅吉の過去や素姓を知らないのを思い出していた。

手妻の浅吉……。

歳も知らず、何処に住んでいるのかも家族がいるのかも知らない。知っているのは、手妻師あがりの博奕打ちだという事だけだ。それは、浅吉自身が話すのを嫌っている事もあるが、新吾が拘らな過ぎかもしれない。

浅吉の過去には、弥太郎に似ているところがあるのだ。

それは何か……。

新吾は気になった。

駿河台一ツ橋通り小川町の桑原弾正の屋敷は、他の武家屋敷同様に出入りする者も少なく静けさに包まれていた。

浅吉は、斜向《はすむ》かいにある旗本・佐藤采女《うねめ》の屋敷の潜り戸を叩いた。

覗き窓から中間が顔を見せた。

「どなたですか……」

「あっしは浅吉と申しまして、中間頭の升吉《ますきち》さん、いますかい」

「ちょいとお待ちを……」

中間は顔を引っ込めた。

中間頭の升吉は、博奕が好きで様々な賭場に出入りしていた。浅吉は、そうした賭場の一つで升吉と出会っていた。

浅吉は、賭場を開く武家屋敷の中間たちを訪れ、桑原屋敷に近い旗本家に賭場に出入りをしている者がいないか調べた。浅吉はついていた。桑原屋敷の斜向かいの旗本家に奉公している中間頭は、浅吉が儲けさせてやった事のある升吉だった。

浅吉は、その升吉を訪ねた。

「どうぞ……」

潜り戸が開き、中間が浅吉を屋敷内に招いた。

「お邪魔しますぜ」

浅吉は屋敷内に入った。

「こちらに……」

中間は、浅吉を長屋門内にある中間部屋に案内した。

中間頭の升吉が、若い中間を集めて花札に興じていた。

「よう、しばらくだな、手妻の兄い……」

升吉は、浅吉に楽しげな笑顔を向けた。

「ああ……」

浅吉は苦笑した。

「じきに終わる。ちょいと待ってくれ」

浅吉は、中間部屋の格子窓を僅かに開けて外を見た。窓の外に桑原屋敷の表が見えた。

「やあ、待たせたな」

中間頭の升吉がやって来た。

「すまねえな。いきなりやって来て……」

浅吉は詫びた。

「なあに、構いやしねえさ。で、何の用だ」

升吉は、浅吉の前に湯呑茶碗を置いて酒を満たした。

「かたじけねえ。実は桑原弾正の事が知りたくてね」

「桑原の殿さんかい……」

升吉は、嘲りを浮かべて己の湯呑茶碗に酒を満たした。

「どんな野郎だ」

「女に目のねえ狒々《ひひ》親父さ」

升吉は、湯呑茶碗の酒を啜った。

「詳しく教えてくれ」

浅吉は、酒の満たされた湯呑茶碗を置いた。

三

旗本・桑原弾正は、上州板鼻に三千石の知行地《ちぎょうち》を与えられていた。

「それでひと月前、領地の板鼻を見廻りに行っていたよ」

半兵衛は、新吾に頼まれて桑原弾正の石高や行動を調べた。

「じゃあ、その時に弥太郎の妹を見初《みそ》め、無理やり妾にして江戸に連れて来たのですかね」

新吾は眉をひそめた。

「きっとね」

半兵衛は頷いた。

「それにしても、亭主と子供のいる女子を無理やり妾にするとは……」

新吾は呆れた。

「そいつは、弥太郎の妹が初めてじゃあるまい」

「ええ……」

桑原弾正は、己の領地の管理を普段は代官に任せているが、数年に一度は物見遊山を兼ねて訪れていた。

「三千石の寄合。気楽なものだ」

半兵衛は苦笑した。

〝寄合〟とは、三千石以上の無役の小普請旗本を称した。

「それにしても、そんな領主を持った民百姓はたまったものじゃありませんね」

「うん。おそらく年貢も一石のところから一石五斗は搾り取っているだろうね」

「そんなにですか」

新吾は驚いた。

「先祖が大昔に貰った三千石の家禄。物の値もあがり、今はその価値も下がっているからね。辛いのは搾り取られる百姓だよ」

「挙句の果てに今度の所業。弥太郎が怒るのも無理はありませんよ」

新吾は、怒りを過ぎらせた。

桑原屋敷は時折り家来や中間が出入りするぐらいだった。

「桑原の殿さんが、板鼻の領地から無理やり女を連れて来たのは、桑原家の中間頭の源助に聞いているぜ」

升吉は、湯呑茶碗の酒を啜った。

中間小者や下男は、親代々の奉公人より金で雇われる渡り者が多くなっており、忠義心もなくて主家の事を面白おかしく噂した。

「で、その女、屋敷にいるのかな」

浅吉は探りを入れた。

「さあて、いるとは思うんだが、桑原家は本所に別邸があるし、そっちかも知れねえな」

升吉は首を捻った。

「そいつを確かめられねえかな」

「板鼻から連れて来た女が、何処にいるのかかい」

「ああ……」

「そりゃあ、中間頭の源助に聞けば分かるだろうが……」

升吉は、狡猾な笑みを浮かべて酒を飲んだ。

「升吉さん、こいつは手間賃だ」

浅吉は苦笑し、一枚の小判を差し出した。

「分かった。ちょいと聞いてみるか……」

升吉は、小判を握り締めた。

「頼むぜ」

浅吉は、湯呑茶碗の酒を飲み干した。


居酒屋『布袋屋』は、店を開けたばかりで客はまだいなかった。

「邪魔するぜ」

浅吉は板場に声を掛けた。

「いらっしゃい……」

亭主の伝六が、板場から店に出て来た。

「酒を頼む」

浅吉は酒を注文した。

伝六は浅吉を見据えて頷き、板場に入って行った。浅吉は、弥太郎が伝六に自分の事を話したのに気が付いた。

伝六が酒を持って来た。

「お待ちどお……」

「ああ。弥太郎さん、呼んでくれるかい」

浅吉は手酌で酒を飲んだ。

「お前さん、何者なんだい……」

伝六は、咎めるような眼を向けた。

「俺かい、俺は只の博奕打ちだよ」

「博奕打ち……」

「ああ……」

浅吉は酒を飲んだ。

「その博奕打ちがどうして弥太郎に気を入れるんだい」

「父っつぁん、俺は餓鬼の頃、口減らしで旅の軽業一座に売られ、手妻を仕込まれてね。そのうち親方が死んで、後は流れ流れて他人さまには云えねえような真似までして、気が付いたら博奕打ちになっていたぜ」

浅吉は、過ぎ去った昔を笑った。

「成る程……」

「弥太郎さんが、どうして渡世人になったのかは知らねえが、俺と同じ匂いがするような気がしてな」

浅吉は酒を飲んだ。

「そういうわけか……」

伝六は頷いた。頷きには、伝六自身の昔が秘められているのかも知れない。

「で、弥太郎さんは……」

「そいつが、大分疲れたようでな。お医者に貰ったって薬を飲んで眠っているよ」

弥太郎は、滋養不足と無理な道中を続けてこじらせた風邪で倒れたばかりだ。飲んでいる薬は、養生所の良哲が処方したものなのだ。

「寝込んだのか」

浅吉は眉をひそめた。

「まあ、大した事はねえと思うんだが……」

伝六は心配を滲ませた。

「父っつぁんは、弥太郎さんとどんな関わりなんだい」

「五年ほど前、病で死んだ女房を供養しようと信濃の善光寺に行ってね。その帰りに盗賊に遭って殺されそうになった時、助けてくれた渡世人が弥太郎だったんだよ」

伝六は苦笑した。

「そいつは命拾いをしたな」

「ああ……」

伝六は頷いた。

「浅吉さん……」

弥太郎が板場から出て来た。

「おう、眼が覚めたか……」

「父っつぁん、迷惑を掛けてすまねえ……」

弥太郎は、蒼ざめた顔で伝六に詫びた。

「なあに、造作もねえ事だ。さあ、座んな」

伝六は、弥太郎を座らせて板場に入って行った。

「大丈夫かい」

浅吉は心配した。

「ああ。それより浅吉さん、おふみは……」

弥太郎は身を乗り出した。

「そいつが桑原家は、駿河台の屋敷の他に本所に別邸があってな。おふみさんがどっちにいるか、今探っているところだぜ」

「そうですか……」

弥太郎は吐息を洩らした。

「心配するな。明日には分かる。それに、もし本所の別邸にいれば、家来も少なくておふみさんを連れ出すのは駿河台の屋敷より楽だ」

「それならいいが……」

「ま。その時まで身体を休ませておくんだな」

「何からなにまですまねえ……」

弥太郎は頭を下げた。

「なあに礼には及ばねえが、新吾さんも心配している」

「新吾さん……」

浅吉は眉をひそめた。

「ああ。北町の養生所見廻り同心の神代新吾さんだ」

「養生所にいた若い……」

弥太郎は新吾を思い出した。

「ああ。初めは新吾さんが、お前さんを見守っていたんだが、役目があるからな。俺が代わったってわけだ」

浅吉は小さく笑った。

「そうだったのか……」

浅吉は、新吾の気持ちに困惑した。

「ああ。今、新吾さんも桑原弾正の事を調べているぜ」

「神代新吾さま……」

「役人だが、信じられる男だぜ」

浅吉は笑顔で告げた。

弥太郎は深く頷いた。

「さあ、食ってくれ」

伝六が、浅吉と弥太郎に湯気ののぼる雑炊を持って来た。

「こいつは美味そうだな」

浅吉は喉を鳴らした。

「ああ。卵入りだ」

「そいつは豪勢だ」

浅吉と弥太郎は、温かい卵入り雑炊を啜った。

「良かったらお代わりもあるからな」

伝六は、嬉しげに笑った。

居酒屋『布袋屋』に訪れる客はなく、夜は静かに更けていった。


辰の刻五つ（午前八時）近く。

八丁堀の往来は、南北両町奉行所に出仕する同心たちで賑わう。

新吾は、母の菊枝に見送られて北島町の組屋敷を出た。そして、組屋敷街を出て楓川《もみじがわ》に架かる海賊橋を渡ろうとした時、海賊橋の袂に浅吉が佇んでいるのに気付いた。

「やあ……」

新吾は驚いた。

「組屋敷から北町奉行所や養生所に行くには、この海賊橋を渡るのが一番……」

浅吉は笑った。

「まったく良い読みをしているよ」

新吾は、苦笑して日本橋に進んだ。

浅吉は続いた。

日本橋の通りは、仕事に行く人々が行き交っていた。

新吾と浅吉は、日本橋を渡って神田川に架かる昌平橋に向かった。

「それで、何か分かったか」

「桑原家は本所に別邸があってね……」

「おふみ、どっちにいるかだな」

「ああ。今探っているぜ」

浅吉は、分かった事を手際よく説明した。

「そうか。こっちもいろいろ分かったよ」

新吾は、桑原弾正の苛烈な領主ぶりを教えた。新吾の話は、浅吉の怒りを搔き立てるのに充分だった。

「野郎……」

浅吉は吐き棄てた。

そして、浅吉は弥太郎の様子を伝えた。

「良哲の煎じ薬、ちゃんと飲んでいるのかな」

新吾は眉をひそめた。

「そいつは飲んでいるようだ」

「それなら良いが……」

新吾は、弥太郎の身を案じた。

「とにかく、おふみの居処だな」

「ああ……」

神田川に架かる昌平橋に差し掛かった。昌平橋を渡れば養生所のある小石川に行き、渡らずに西に向かえば駿河台の武家屋敷街になる。

「じゃあ、俺は桑原の屋敷に行くぜ」

「うん。おふみの居場所、分かったら報せてくれ」

「承知……」

浅吉は、駿河台の武家屋敷の連なりに入って行った。

新吾は昌平橋を渡った。

神田川は朝日に眩しく煌めいていた。


桑原屋敷は長屋門を閉じていた。

「で、桑原が板鼻から連れて来た女の居処、分かったか」

浅吉は、斜向かいの旗本・佐藤采女の屋敷の中間頭・升吉に尋ねた。

中間たちは朝の仕事に出払い、中間部屋には升吉と浅吉がいるだけだった。

「そいつが昨夜、桑原屋敷の中間頭の源助に聞いたんだが、中々なあ……」

升吉は、狡猾な笑みを浮かべてそれとなく金を要求した。

「升吉、余り付け上がると、好きな博奕が二度と出来なくなるぜ」

浅吉は薄く笑い、親しげに右手を升吉の肩に置いた。

升吉は、首筋にむず痒さを感じた。肩に置かれた浅吉の手の指には、いつの間にか鈍く光る剃刀の薄い刃が挟まれていた。

升吉は、浅吉が〝手妻〟と呼ばれているのを思い出し、云い知れぬ恐怖に突き上げられた。

「冗談じゃあねえ……」

升吉は恐怖に震えた。

「だったら素直に教えな」

浅吉は薄く笑い、剃刀の刃で升吉の首筋を撫でた。

薄い皮一枚を切り裂かれた感触が走り、痒さと生温かい血が溢れた。

「本所の別邸だ」

升吉は、喉を大きく上下させた。

「間違いねえな」

浅吉は念を押した。

「ああ。板鼻から連れて来た女は、本所の別邸にいる……」

升吉の額から汗が流れ、こめかみが小刻みに引き攣った。

「別邸、本所の何処だ」

「横川の法恩寺の傍だそうだ」

「そうかい……」

浅吉は、升吉の肩から手を降ろした。その時、手の指の間に鈍く光る剃刀はなかった。

升吉は、吊られていた紐を切られたようにその場に座り込んだ。

「じゃあ、どっちにしろ礼に来るぜ」

浅吉は、薄笑いを残して中間部屋を後にした。

升吉は大きく身震いをした。


大川には様々な船が行き交っていた。

浅吉は、駿河台小川町から両国広小路に抜けて両国橋に急いだ。

両国橋を渡ると本所だ。

本所に入った浅吉は、大川に続く竪川《たてかわ》沿いの道を東に進んだ。

本所竪川は中川に繋がっており、下総の産物を江戸に運んでくる掘割《ほりわり》だった。

竪川に架かる一ツ目之橋、二ツ目之橋、三ツ目之橋を過ぎると南北に交差する横川に出る。その横川に架かる北辻橋を渡り、川沿いに北に進むと法恩寺が見えた。

浅吉は先を急いだ。


桑原家の別邸は、横川と法恩寺の間にあった。

浅吉は、近所の者や出入りしている商人たちに聞き込みを掛けた。

桑原家別邸には、側室とお付の老女、留守居の家来が五人、腰元が二人、他に数人の中間下男と女中や下女がいた。

側室はおふみか……。

浅吉は、側室の名前を突き止めようとした。だが、側室の名は中々判然とはしなかった。

浅吉は聞き込みを続けた。そして、側室の名前がようやく知れた。

名前はおまつ、弾正の側室になって二十年近くになる大年増だ。

おふみではなかった。

升吉に嵌められたのか……。

浅吉は、苛立ちを覚えながらも聞き込みを続けた。

法恩寺の鐘が未の刻八つ（午後二時）を打ち鳴らした。


桑原家の別邸から若い家来が出て来た。

浅吉は、家来の後を追った。

家来は、横川に架かる法恩寺橋を渡って竪川に向かった。その懐に書状が入れられているのが僅かに見えた。

家来は書状を届ける使いに行く……。

浅吉は、桑原家の別邸におふみがいるかどうか、家来から聞き出す手立てを考えた。

家来は竪川に出た。そして、竪川沿いの道を大川に向かった。

浅吉は慎重に追った。

家来は両国橋を渡り、広小路の雑踏に出た。そして、広小路を神田川沿いの柳原通りに向かった。

おそらく行き先は駿河台小川町の桑原家の本邸……。

浅吉は睨んだ。

家来は、行き交う人を避けながら雑踏を進んだ。

やるなら雑踏にいる間だ……。

浅吉は決めた。そして、家来の横手に廻り、頃合を窺った。

家来は、煩わしげな面持ちで雑踏を抜けようとしていた。

次の瞬間、浅吉は家来の前を胸を接するように横切った。

家来は、舌打ちをして雑踏を進んでいく……。

神田川は両国橋の傍で大川に流れ込んでいる。その合流地の角に両国稲荷があった。

両国稲荷の境内には僅かな参拝客がおり、広小路の喧騒が遠くに聞こえていた。

浅吉は、家来から掏り取った書状を、縞の半纏の裏に縫いつけた隠しから取り出した。そして、書状の封を切って読み始めた。

書状は、別邸の側室から桑原弾正に宛てたものだった。

浅吉は読み続けた。

書状には、板鼻から連れて来たおふみが武家の作法を覚えずに泣いてばかりおり、どうしたら良いかと書き記されていた。

おふみは、やはり別邸にいた……。

浅吉は、奇妙な安堵感を覚えた。

桑原弾正は、おふみを別邸に住まわせている古い側室に預け、武家の側室としての作法を仕込もうとしている。

おふみの居処がようやくはっきりした。

浅吉は浮かぶ笑みを隠し、両国稲荷の境内を出た。

広小路の雑踏に男の怒声があがった。

浅吉は眉をひそめ、出来た人の輪の中を覗いた。人の輪の中では、桑原の家来が遊び人風の男たちに袋叩きにされていた。

「どうしたんだい」

浅吉は、隣にいた職人に尋ねた。

「あの三一侍《さんぴんざむらい》。落し物を探していて野郎たちを突き飛ばしたそうだ」

〝三一侍〟とは、給金が三両一人扶持《いちにんぶち》の侍を嘲笑った言葉だ。

「それで、袋叩きか……」

「ああ。近頃の侍はみっともねえもんだ」

職人はせせら笑った。

「まったくだ……」

家来は、反撃する様子もなく頭を抱えて許しを請うていた。

浅吉は呆れた。

桑原家は締まりがなく乱れている……。

浅吉は、家来の醜態から桑原家の様子を推測した。

四

夕陽は沈み始めた。

「そうか、本所の別邸にいたか……」

新吾は、厳しい面持ちで浅吉の話を聞いた。

「それでどうする」

浅吉は、新吾を窺った。

「どうするって……」

新吾は苦笑を浮かべた。

「ああ……」

「俺がどうしようが、おふみを助け出して弥太郎と一緒に板鼻に帰す。そうだろう」

新吾は、浅吉の腹の内を読んだ。

「いい勘しているぜ」

浅吉は笑った。

「で、俺はどうしたら良い」

新吾は逆に尋ねた。

「かたじけねえ」

「元はといえば、俺が浅吉に頼んだ事から始まったんだ。礼を云われる筋合いじゃあない」

新吾は笑った。

「今夜、男坂の下の布袋屋に来てくれ」

「分かった」

新吾は頷いた。

「じゃあ……」

浅吉は縞の半纏を翻した。

新吾は、養生所の役人部屋に戻り、残った仕事を片付け始めた。

役人部屋は差し込む夕陽に赤く染まった。


湯島天神男坂下の居酒屋『布袋屋』は、商売を休んで店は薄暗かった。

新吾は、腰高障子を小さく叩いた。

「すまねえが、今夜は休みだ」

店の中から嗄れた声が応じた。

「神代新吾だ……」

新吾は名乗った。

伝六が腰高障子を開け、新吾に小さく会釈をして店内に入るように促した。

「邪魔をする」

新吾は『布袋屋』に入り、店の表を一瞥して腰高障子を閉めた。

店内は暗く、明かりは板場に灯されていた。

「こっちにどうぞ……」

伝六は、新吾を板場の隣にある部屋に誘った。

「おう、来たかい……」

部屋には浅吉と弥太郎がいた。

「やあ。どうだ、身体の具合は……」

新吾は、弥太郎の身体を心配した。

「へい。お蔭さまで。神代さま、いろいろ御迷惑をお掛けして申し訳ありませんし」

弥太郎は頭を下げた。

「そうか。ま、役に立てればいいがな」

新吾は笑った。

「それで新吾さん。出来れば今夜の内におふみを助け出した方がいいとなってな」

浅吉は身を乗り出した。

「俺も早い方がいいと思う」

新吾は賛成した。

「そうか……」

「うん。おふみを助け出し、おふみはその足で弥太郎と一緒に江戸を離れるべきだろう」

そして、早々に上州板鼻に帰り、亭主と子供を連れて桑原の領地から出て身を隠すしかないのだ。

「あっしもそれが一番だと思います」

弥太郎は、新吾の言葉に頷いた。

「よし。だったら、おふみを助け出す段取りだ……」

行燈の明かりは小刻みに揺れた。

本所横川には、舟の櫓の軋みが甲高く響いていた。

桑原家別邸は寝静まっていた。

おふみは、おそらく老女の許にいる筈だ。だが、老女やおふみのいる部屋が何処かは分からない。だからといって、探すのに手間暇は掛けてはいられないのだ。たとえ詰めている五人の家来に見つかっても、早く助け出したい。

弥太郎は旅の渡世人姿になって長脇差を腰に差し、新吾は着物の裾を端折って手拭で頬被りをしていた。

浅吉が、桑原家別邸の裏の塀にあがり、庭に忍び込んだ。新吾と弥太郎も続いた。

武家屋敷の間取りは殆ど決まっている。

母屋の南側の奥に側室の寝間や居間があり、表近くに老女や腰元たちの部屋があった。そして、長屋門に家来たちの暮らす侍長屋や奉公人たちの長屋が並んでいた。

閉められた雨戸の向こうに並んでいる部屋の一つにおふみはいる。

弥太郎は、閉められた雨戸を見つめた。

おふみの泣き声が、微かに聞こえたような気がした。

弥太郎は、子供の頃を思い出した。

父親は、母親が死んでから家に寄り付かなくなり、弥太郎は幼い妹のおふみを背負って食べ物を探し廻った。

その頃から、おふみの泣き声をどれだけ聞いて来た事か……。

哀しくて悔しい、懐かしい思い出だった。

そのおふみの泣き声が、微かに聞こえたような気がしたのだ。

おふみ、今助けてやる……。

弥太郎は、母屋の雨戸を厳しく見据えた。

「浅吉……」

新吾が促した。

「ああ、行って来るぜ」

浅吉は笑みを浮かべ、植え込みの陰から出て、奥の雨戸の一枚を苦もなく外し、屋敷の中に忍び込んで行った。

弥太郎と新吾は、緊張した面持ちで見守った。


屋敷の中は薄暗く、連なる部屋から側室を始めとした老女や腰元の寝息が微かに洩れていた。

浅吉は、奥から表に続く濡縁の先を窺った。濡縁の先に小さな明かりが見えた。

浅吉は明かりに向かった。

明かりは、屋敷の奥と表の境に置かれた常夜燈の行燈のものだった。

浅吉は、辺りを窺って見廻りが来ないのを確かめ、行燈から火の灯された油皿を取り出して静かに横に倒した。そして、半纏の隠しから皮袋を出し、中の油を倒した行燈に掛けた。油の匂いが鼻を衝いた。

続いて浅吉は、火の灯された油皿を行燈に放り込んだ。火は小さな音を立てて一気に燃えあがった。

雨戸の隙間から火が燃え上がるのが見えた。

「やった……」

新吾は思わず呟いた。

弥太郎は、息を詰めて喉を鳴らした。

新吾は、外された雨戸を見つめた。

「火事だ。火事だ」

浅吉は、そう云いながら外された雨戸から飛び出して来た。

続いて女の悲鳴があがり、慌ただしく動き廻る気配がした。

弥太郎、新吾、浅吉は、雨戸を外されている濡縁を緊張した面持ちで見つめた。

屋敷の表と奥の境に火が燃えている限り、側室や老女たちは濡縁を伝って表には逃げられない。火事から逃げるには、開いている雨戸から外に出るしかないのだ。

女たちは悲鳴をあげ、側室と老女が二人の腰元に助けられながら外された雨戸から庭に逃げ出して来た。

「弥太郎……」

浅吉は声を掛けた。

「いねえ。おふみはいねえ」

弥太郎は、険しい眼差しで表門の方に逃げて行く側室と老女たちを見送った。

「弥太郎……」

新吾が、遅れて出て来た女を示した。

「おふみ……」

弥太郎は飛び出した。

遅れて出て来た女は驚いた。

「兄ちゃん……」

女は、弥太郎の妹おふみだった。

「おふみ、逃げるぞ」

「うん……」

弥太郎とおふみは、再会を喜ぶ間もなく逃げなければならなかった。

家来や中間たちが、水の入った手桶や消火道具を持って駆け付けて来た。

「弥太郎、浅吉……」

新吾は急かし、裏門に走った。

裏門には二人の家来が駆け付け、警戒をしていた。

浅吉は舌打ちをした。

「く、曲者……」

奥から駆け出して来た浅吉、弥太郎、おふみ、新吾を見て二人の家来は驚き、刀を抜いて身構えた。

「曲者だ。出会え、出会え」

家来たちは叫んだ。だが、他の家来と中間下男は火を消すのに忙しかった。火事に悩む江戸で、旗本家が火を出して辺りの家を類焼させるなどは以ての外だ。他の家来たちは、消火を優先させるしかなかった。

浅吉は、おふみを庇いながら裏門に走った。

二人の家来は、新吾と弥太郎に猛然と斬り掛かってきた。

新吾は鋭く踏み込み、擦れ違いざまに刀を横薙ぎに一閃した。斬り掛かった家来は、腹に鋭い一太刀を浴びて崩れ落ちた。

弥太郎は、長脇差を構えて残る家来と激しく斬り結んでいた。

馬庭念流……。

弥太郎の構えは、白縫半兵衛が睨んだ通り馬庭念流だった。

「おのれ、下郎」

残る家来も、弥太郎に猛然と斬り掛かってきた。

弥太郎は、僅かに身を引いて刀を躱し、振り向きざまに袈裟懸けの一太刀を放った。

残る家来は、胸元を斬られて仰向けに倒れた。馬庭念流の見事な一太刀だった。

「行くぞ」

浅吉は、裏門の閂を外して門扉を開けた。

弥太郎は、おふみを抱えるようにして裏門を走り出た。新吾は、追手の来ないのを確かめて裏門を出て門扉を閉じた。

横川に架かる法恩寺橋の船着場には、伝六が猪牙舟《ちよきぶね》を繋いで待っていた。

「待たせたな、父っつぁん……」

「どうやら上手く行ったようだな」

「ああ……」

浅吉と新吾は、弥太郎とおふみを猪牙舟に乗せた。伝六が舫《もや》い綱を解いた。

「じゃあ、猪牙を出すぜ」

伝六は告げた。

「浅吉さん、新吾さま、何からなにまで、本当にありがとうございました」

弥太郎は、浅吉と新吾に深々と頭を下げた。

おふみは、礼の言葉を嬉し涙で濡らした。

「なあに、礼には及ばないさ」

「ああ。弥太郎、達者でな……」

「へい。浅吉さんも新吾さまも……」

「さあ、父っつぁん……」

新吾は、猪牙舟の船縁を押した。

「じゃあな……」

伝六は猪牙舟の櫓を漕いだ。櫓の軋みが夜空に甲高く響いた。

新吾と浅吉は見送った。

弥太郎とおふみを乗せた伝六の猪牙舟は、横川を竪川とは反対の北に進んだ。

そして、業平橋《なりひらばし》を潜って源森橋《げんもりばし》から隅田川に出る手筈なのだ。隅田川を遡り、千住、町屋、尾久を抜けて石神井川の流れに乗り入れ、飛鳥山から板橋宿に出る。

弥太郎は、おふみを連れて板橋宿から中仙道を上州板鼻に行くつもりだ。

猪牙舟は、櫓の軋みを残して夜の闇に消え去った。

桑原家の別邸から火の手はあがらず、大した騒ぎにもなってはいなかった。

家来と中間や下男たちは、どうやら火を屋敷の中で消し止めたようだ。

「さあ、長居は無用だ」

新吾と浅吉は、法恩寺橋を渡って大川沿いにある公儀御竹蔵に向かった。

夜は、弥太郎とおふみは勿論、新吾と浅吉をも闇の彼方に消し去った。

新吾と浅吉は、桑原家の様子を見守った。だが、桑原家に変わった様子は窺えなかった。

本所の別邸の火事と二人の家来の死は、まるでなかったかのように静かだった。

下手に騒ぎ立てれば、桑原家は家中取締り不行届きを咎められ、主の弾正はどのような仕置を受けるか分からない。弾正は事を密やかに進めるしかないのだ。

月が代わり、南町奉行所の月番になった。

月番が南町奉行所になったからといって、北町奉行所が休みになるわけではない。

神代新吾や白縫半兵衛たち同心は、月番の時に扱った事柄の始末に忙しかった。

それは与力も同じだ。

新吾は、桑原弾正と上州板鼻での弥太郎たちの様子が分からないかと、北町奉行所に赴いた。

北町奉行所には白縫半兵衛がいた。

「早いですね。半兵衛さん……」

「おう、新吾か、丁度良かった……」

半兵衛は、書類を書いていた手を止めた。

「何か……」

「馬庭念流を使う渡世人、どうした」

「えっ。弥太郎ならとっくに江戸から立ち去りましたけど……」

新吾は眉をひそめた。

「うん。知り合いの八州廻りに聞いたんだがね」

〝関八州〟は、公儀、旗本、大名の領地が複雑に入り組んで取締りの難しい処だった。公儀は、その関八州の巡察と犯罪の摘発取締りに勘定奉行配下に関東取締出役を置いた。それが所謂、〝八州廻り〟であった。

上州板鼻も八州廻りの巡察区域内だ。

半兵衛は、知り合いの八州廻りから板鼻での事件を聞いたというのだ。

「板鼻で何かあったのですか……」

新吾は眉をひそめた。

「うん。何者の仕業か分からないが、上州板鼻で江戸から来た旗本の家来が二人、斬り殺されたそうだ」

「旗本の家来が……」

「うん。桑原弾正さまの家来が二人……」

新吾は気付いた。斬られた旗本の二人の家来は、執念深い桑原弾正がおふみたちに密かに掛けた追手であり、斬ったのは弥太郎なのだ。

「下手人、どうなりました」

新吾は緊張を漲らせた。

「そいつなんだがね、分からないそうだ」

半兵衛は苦笑した。

「分からない……」

「うん。近所の百姓たちみんなが口を噤《つぐ》んで、知らぬ存ぜぬでお手上げだそうだ」

「そうですか……」

「それでね、新吾……」

「はい」

「旗本の二人の家来を斬った下手人、馬庭念流のかなりの使い手だそうだ」

「馬庭念流の使い手……」

弥太郎は、馬庭念流から辿られるかも知れない。新吾は緊張した。

「うん。もっとも上州は馬庭念流の本場だ。使い手なんか大勢いる。下手人の手掛かりにはならないだろうな」

「そうですか……」

新吾は、零れそうになる笑みを懸命に堪えた。

「ま。これで何もかも終わるはずだ。安心するんだね」

半兵衛は笑った。笑いの裏には、何もかも知っているという含みがあった。

新吾は気付いた。

「半兵衛さん。いろいろありがとうございます」

新吾は思わず礼を述べた。

「新吾、別に私は何も知らないよ」

半兵衛は、〝知らぬ顔の半兵衛〟を決め込んだ。

新吾は、半兵衛の心遣いに感謝した。

桑原弾正は、追手の家来の死を知って怒りにまみれた。だが、これ以上の追跡は、墓穴を掘る事になるかも知れない。桑原は、怒りにまみれながら鉾《ほこ》を納めるしかなかった。

湯島天神男坂下の飲み屋『布袋屋』には明かりが灯っていた。

新吾は、腰高障子を開けた。

「邪魔をするよ」

「こりゃあ新吾さん。いらっしゃい……」

亭主の伝六が嗄れ声で迎え、狭い店の奥を示した。

浅吉が酒を飲んでいた。

「やあ……」

新吾は、浅吉の向かい側に座った。客は新吾と浅吉の他にいなかった。

伝六が酒を持って来て、新吾の猪口に満たした。

「すまないな、父っつぁん。お前さんも一杯飲むかい」

「ほう、そうかい……」

新吾は、伝六の差し出した猪口に酒を満たした。

「桑原の放った追手が二人、板鼻で何者かに斬られて死んだそうだ」

新吾は囁いた。

「それで……」

浅吉は眼を輝かせた。

「斬った者は、馬庭念流の使い手としか分からないそうだ。ま、これで桑原弾正も諦めて手を引くだろう」

新吾は、楽しげに酒を飲み干した。

「違いねえ」

浅吉と伝六も猪口を空けた。

「よし、今夜は俺の奢りだ。遠慮なくやってくれ」

伝六は、上機嫌で新吾と浅吉に酒を注いだ。

「そいつはありがてえ」

浅吉は喜んだ。

新吾は、酒を飲みながら弥太郎とおふみたちの幸せを祈った。

夜は更けていき、居酒屋『布袋屋』から新吾と浅吉の明るい笑い声が洩れた。

文春文庫

養生所《ようじょうしょ》見《み》廻《まわ》り同心《どうしん》 神代新吾《かみしろしんご》事《じ》件《けん》覚《おぼえ》
指《ゆび》切《き》り

定価はカバーに
表示してあります

2011年1月10日　第1刷

著　者　藤井《ふじい》邦夫《くにお》
発行者　村上和宏

発行所　株式会社 文藝春秋

東京都千代田区紀尾井町 3-23　〒102-8008
TEL　03・3265・1211
文藝春秋ホームページ　http://www.bunshun.co.jp
落丁、乱丁本は、お手数ですが小社製作部宛お送り下さい。送料小社負担でお取替致します。

印刷・大日本印刷　製本・加藤製本
Printed in Japan
ISBN978-4-16-780501-2

（　）内は解説者。品切の節はご容赦下さい。

平岩弓枝
御宿かわせみ

「初春の客」「花冷え」「卯の花匂う」「秋の螢」「倉の中」「師走の客」「江戸は雪」「玉屋の紅」の全八篇を収録。江戸大川端の小さな旅籠「かわせみ」を舞台とした人情捕物帳シリーズ第一弾。

ひ-1-81

広瀬仁紀
新選組風雲録　函館篇

江戸から京へ流れてきた盗人の忠助は、ひょんなことから新選組副長の土方歳三直属の密偵となる。池田屋事件、蛤御門の変から函館まで歳三とともにあった。もう一つの新選組異聞!!

ひ-4-8

火坂雅志
黒衣の宰相

徳川家康の参謀として豊臣家滅亡のため、遮二無二暗躍し、大坂冬の陣の発端となった、方広寺鐘銘事件を引き起した天下の悪僧、南禅寺の怪僧・金地院崇伝の生涯を描く。（島内景二）

ひ-15-1

火坂雅志
黄金の華

徳川幕府は旗下の武将たちの働きだけで成ったわけではない。江戸を中心とした新しい経済圏を確立できたこともまた大きい。その中心人物・後藤庄三郎の活躍を描いた異色歴史小説。

ひ-15-2

火坂雅志
壮心の夢

秀吉の周りには彼の出世とともに、野心を持った多くの異才たちが群れ集まってきた。戦国乱世を駆け抜けた男たちの姿をあますところなく描き尽くした珠玉の歴史短篇集。（縄田一男）

ひ-15-4

火坂雅志
新選組魔道剣

近藤勇、土方歳三、藤堂平助たち、京の街で恐れられる新選組の猛者連も、古より跋扈する怪しの物には大苦戦。従来とは全くちがう新選組像を活写する短篇集。（長谷部史親）

ひ-15-5

藤沢周平
花のあと

娘盛りを剣の道に生きたお以登にも、ひそかに想う相手がいた。手合せしてあえなく打ち負かされた孫四郎という部屋住みの剣士である。表題作のほか時代小説の佳品を精選。（桶谷秀昭）

ふ-1-23

（　）内は解説者。品切の節はご容赦下さい。

藤沢周平
蝉しぐれ
清流と木立にかこまれた城下組屋敷。淡い恋、友情、そして忍苦。苛烈な運命に翻弄されながら成長してゆく少年藩士の姿をゆたかな光の中に描いて、愛惜をそそう傑作長篇。（秋山　駿）
ふ-1-25

藤沢周平
隠し剣孤影抄
剣客小説に新境地を開いた名品集〝隠し剣〟シリーズ。剣鬼と化し破牢した夫のため捨て身の行動に出る人妻、これに翻弄される男を描く「隠し剣鬼ノ爪」など八篇を収める。（阿部達二）
ふ-1-38

藤沢周平
無用の隠密　未刊行初期短篇
命令権者に忘れられた男の悲哀を描く表題作ほか、歴史短篇「上意討」、悪女もの「佐賀屋喜七」など、作家デビュー前に雑誌掲載された十五篇を収録。文庫版には「浮世絵師」を追加。（阿部達二）
ふ-1-44

古川　薫
吉田松陰の恋
野山獄に幽閉されていた松陰にほのかな恋情を寄せる女囚・高須久子。二人の交情を通して迫る新しい松陰像を描く表題作ほか、情感に満ちた維新の青春像を描く短篇全五篇。（佐木隆三）
ふ-3-3

古川　薫
漂泊者のアリア
〝歌に生き恋に生き〟、世界的に名を馳せたオペラ歌手藤原義江。英国人の貿易商を父に、下関の琵琶芸者を母に持った義江の波瀾万丈の人生をみごとに描いた直木賞受賞作。（田辺聖子）
ふ-3-9

古川　薫
山河ありき　明治の武人宰相　桂太郎の人生
軍人としては陸軍大将、政治家としては実に三度も首相の座についた桂太郎。激動の明治時代を生き、新生日本のためにさまざまな布石を打った桂の知られざる豪胆さを描く。（清原康正）
ふ-3-15

古川　薫
花も嵐も　女優・田中絹代の生涯
「愛染かつら」「西鶴一代女」「雨月物語」ほか日本映画の名作に数多く出演した大女優・田中絹代。独身をつらぬき「映画と結婚した」絹代の激動の人生を、昭和史を合わせ鏡に描いた労作。
ふ-3-16

（　）内は解説者。品切の節はご容赦下さい。

星川清司
小伝抄
おとこ狂いの浄瑠璃語りにかなわぬ想いをよせる醜い船頭の哀切な物語。江戸情緒ゆたかな驚異の語り口で直木賞を受賞した表題作と、世話物の佳品「憂世まんだら」を収める話題作！

ほ-6-1

松本清張
西海道談綺（全四冊）
密通を怒って上司を斬り、妻を廃坑に突き落として出奔した男の数奇な運命。直参に変身した恵之助は隠し金山探索の密命を帯びて日田へ。多彩な人物が織りなす伝奇長篇。（三浦朱門）
ま-1-76

松本清張
無宿人別帳
罪を犯し、人別帳から除外された無宿者。自由を渇望する男達の逃亡と復讐を鮮やかに描いた連作時代短篇。「町の島帰り」「海嘯《つなみ》」「おのれの顔」「逃亡」「左の腕」他、全十篇収録。（中島　誠）
ま-1-83

松本清張
鬼火の町
朝霧の大川に浮かぶ無人の釣舟。漂着した二人の男の水死体。川底の女物煙管は謎を解く鍵か。反骨の岡っ引藤兵衛、颯爽の旗本、悪同心、大奥の女たちを配して描く時代推理。（寺田　博）
ま-1-91

松本清張
かげろう絵図（上下）
徳川家斉の寵愛を受けるお美代の方と背後の黒幕、石翁。腐敗する大奥・奸臣に立ち向かう脇坂淡路守。密偵、誘拐、殺人……。両者の罠のかけ合いを推理手法で描く時代長篇。（島内景二）
ま-1-92

宮尾登美子
宮尾本　平家物語　一　青龍之巻
清盛少年は、出生の秘密が暗い影を落とすなか、自らの運命を受け止め、乱世を生き抜く決意をする——清盛を中心に平家一族の視点から物語を捉えた、著者畢生の壮大なる歴史絵巻。

み-2-9

宮城谷昌光
王家の風日
王朝存続に死力を尽す哲理の人箕子、倒さんと秘術をこらす権謀の人太公望。紂王、妲己など史上名高い人物の実像に迫り、古代中国商王朝の落日を雄渾に描く一大叙事詩。（遠丸　立）
み-19-3